LE MAGASIN DES JOUETS CASSÉS

Lecteur tout-terrain, Julien Rampin partage ses coups de cœur littéraires avec ses 16 000 abonnés sur son compte Instagram @labibliothequedejuju. Il est l'auteur de *Grandir un peu* et de *Le Magasin des jouets cassés*.

Paru au Livre de Poche :

GRANDIR UN PEU

JULIEN RAMPIN

Le Magasin des jouets cassés

ROMAN

CHARLESTON

ISBN : 978-2-253-24438-7 – 1re publication LGF

« Je suis un dernier souffle, je suis un premier cri
Un vieil homme en pantoufles, un bébé en body
Je suis tout résumé, le meilleur et le pire
Quand tout est consumé, je suis un souvenir. »

« Je suis un souvenir », Alex BEAUPAIN

« La poésie, c'est le plus joli surnom
que l'on donne à la vie. »

Jacques PRÉVERT

Partie 1
AUJOURD'HUI

« Partout, elle me fait escorte
Et elle me suit, pas à pas
Elle m'attend devant ma porte
Elle est revenue, elle est là
La solitude, la solitude. »

« La solitude », Barbara

1

Doudous

Paris, lundi 19 août 2019

— Dis, Maman ? Pourquoi on fait des bébés ?

Léon, six ans, lève la tête de son assiette de haricots verts, appuie sur la branche de ses lunettes pour les remettre en place sur le bout de son nez, comme chaque fois que quelque chose le turlupine, et dépose allégrement une bonne grosse traînée de gras sur le verre droit.

De l'autre côté de la table, Lola sourit intérieurement. Ça y est ! Le moment est enfin arrivé ! En mère modèle, elle s'est déjà préparée des millions de fois à l'interrogation fatidique. Elle a déjà à l'esprit toute une réponse, minutieusement élaborée, à la grande question de la procréation. Elle en sauterait presque de joie.

Pour une fois que son fils ne la prend pas au dépourvu, Lola n'est pas peu fière d'avoir planché sur le sujet.

Elle attrape une lingette dans le paquet qui traîne sur la table, ôte ensuite les lunettes de Léon maculées de traces de doigts douteuses, et entreprend de les nettoyer. Même si elle est préparée, elle a besoin d'avoir les mains occupées. C'est un grand moment dans sa vie de maman qu'elle est en train de vivre !

Tout en astiquant vigoureusement les carreaux, elle adresse un sourire faussement détendu au fruit de ses entrailles, tout en sachant que son myope de fils ne voit plus qu'une forme floue et indistincte en lieu et place de sa mère.

D'abord, reformuler la question.

— Tu veux dire *comment* on fait les bébés, c'est ça, mon cœur ?

Le petit garçon éclate de rire.

— Non, ça, je connais bien, Maman ! Non, en fait, je me demande plutôt pourquoi. Pourquoi on fait des enfants ?

Allons bon. Au temps pour elle. C'était bien trop facile.

Cet enfant a le chic pour la plonger dans des postures toujours plus compliquées. Parfois, elle a l'impression de passer un examen totalement farfelu avec ses interrogations sorties de nulle part. Un concours d'entrée à l'école de Poudlard où chaque théorème n'apporterait aucune réponse sensée…

Lola tente de gagner du temps, son euphorie déjà envolée.

— Tu comptes poser des questions tout le repas, chéri ? Je te rappelle que ton assiette n'est pas terminée, et même si je connais ton penchant mitigé pour les haricots verts, tu ne t'en sortiras pas comme ça ! Espèce de filou !

Léon attrape une pleine fourchette de légumes et la fourre dans sa bouche. Lola en profite alors pour lui remettre ses binocles sur le nez. Avec la petite moue qu'il fait, elles lui donnent l'air d'un professeur mécontent. Lola n'a pas bien appris sa leçon. Elle va se faire enguirlander !

— T'inquiète ! Je sais qu'il faut manger de tout pour grandir ! Cinq fruits et légumes par jour, je connais la musique !

Il termine de mâcher, attrape à deux mains son verre d'eau, comme si quelqu'un allait le lui dérober, et le boit d'une traite avant d'insister :

— Pourquoi on fait des bébés alors, Maman ?

Lola bredouille. La mère parfaite vient de prendre le large et elle se retrouve dans le rôle qu'elle joue le mieux depuis quelques semaines : celui de la nana complètement larguée dans tous les domaines de son existence.

— On fait des enfants parce qu'on est amoureux, mon chat.

C'est un bon début, ça. Et on pourrait même s'arrêter là, tiens.

Léon écarquille un peu les yeux et se gratte la tête, dubitatif.

— Mmmmm… Pourtant, Papa, il t'aime plus d'amour, lui ?

Bordel de… Comment va-t-elle se sortir de ce mauvais pas sans égratigner l'image du gentil père et ne pas passer pour une serpillière aux yeux de son fils unique ? Elle aurait sacrément préféré l'histoire de la petite graine, des choux et des cigognes dans le jardin enchanté par une belle journée de printemps.

— Tu sais, mon cœur, lorsque nous avons décidé de t'avoir, nous nous aimions très fort, ton papa et moi ! C'est pour ça que tu es là. Et si, parfois, les choses changent et que les papas et les mamans se séparent, ils continuent d'aimer pour toujours leur enfant.

Et si des poufiasses de vingt ans en talons aiguilles évitaient de graviter autour de ces fameux papas, le monde ne s'en porterait pas plus mal non plus.

Léon semble se contenter pour une fois de cette réponse brinquebalante et Lola se dit qu'elle aura peut-être finalement droit à un moment de répit.

Sacré Léon ! Depuis qu'il sait parler, son petit bonhomme ne cesse de l'impressionner. Toujours avide de comprendre et doué d'une sensibilité hors du commun.

Le petit garçon termine son repas et commence à descendre de sa chaise. Lola s'empresse de lui porter secours afin qu'il ne se casse pas une jambe, car elle a vraiment d'autres chats à fouetter aujourd'hui. Son fils a beau être plutôt précoce niveau intellect, il est loin d'être un acrobate ! Il aurait même tendance à se coltiner deux bras gauches, et le simple fait de sortir de table prend des allures de dangereuse gymnastique tant il semble ne pas savoir synchroniser le moindre de ses mouvements.

— Papa va venir te chercher, minou. Va te laver les dents, s'il te plaît, mon cœur d'amour !

Lorsque Lola se sent coupable, elle abreuve son fils de petits noms. Mon chat. Mon trésor. Mon amour.

Mon bébé. Autant de mots doux pour tenter de faire avaler la pilule. Lorsqu'elle s'entend affubler son fils de ces diminutifs un peu trop sucrés, elle sait qu'elle est sur la mauvaise pente. Ça sonne faux, comme ces images d'Épinal qui cachent autre chose lorsqu'on les regarde de plus près. Cette illustration de la mère courage qui est en réalité une vieille sorcière édentée.

Pour la forme, évidemment, Léon râle un peu.

— Ça suffit, mon petit rebelle ! On était d'accord ! Aujourd'hui et demain, tu es chez Papa ! On a juste mangé ensemble exceptionnellement pour que tu puisses voir notre nouvel appartement à tous les deux. Je te récupère mercredi, tu le sais bien. Ça me laissera le temps de commencer à ranger tout ce bazar.

Lola montre à son fils l'amoncellement de cartons et de sacs qui jonchent le petit appartement. Ce qui semble le laisser complètement de marbre.

— Et surtout, ça me laissera le temps de préparer ta chambre. Comme ça, mercredi, tu auras ton petit nid douillet, mon canari !

Le petit garçon s'illumine, l'argument fait mouche.

— C'est promis, Maman ? J'aurai ma chambre ?

— Croix de bois, croix de fer, si je mens, je mange des vers.

Oui, ils ont un petit peu détourné l'expression initiale il y a quelques mois, car son impressionnable de fils avait hurlé pendant une heure lorsqu'elle s'était crue bien maline de parler d'aller en enfer. Avec son père, ils ont fini par lui dire qu'il avait mal entendu. D'où les vers…

— Allez, file, vermine !

Pendant que son petit bolide démarre en trombe vers la salle de bains, Lola décide de s'octroyer un café. En voyant la Nespresso flambant neuve qui trône sur le plan de travail, elle se souvient qu'elle n'a aucune idée de comment l'engin fonctionne.

Léon n'étant plus dans les parages, la vue de Lola est aussitôt brouillée par les larmes qui ne demandent qu'à se déverser à seaux entiers de ses yeux fatigués.

Toute cette tristesse, toute cette colère, qui menacent de tout fracasser. Elle sait pourtant que jamais elle ne craquera devant Léon. Plutôt crever la gueule ouverte sur le trottoir !

Elle jette un regard désappointé autour d'elle. Cet appartement est comme une terre inconnue, hostile. Arrivera-t-elle un jour à se sentir chez elle entre ces murs ?

Les lieux ne sont pas désagréables, loin de là. Mais jamais elle n'aurait imaginé que sa vie prendrait un tel virage. Jamais elle n'aurait pensé se retrouver seule, en plein Paris, loin de tout ce qui faisait sa vie jusque-là.

Sur le frigo, elle a imprimé un tableau pour noter les jours où son fils sera avec elle. Avec Baptiste, son futur ex-mari, ils ont établi par mails interposés un planning où le petit garçon passe deux jours chez l'un, deux jours chez l'autre, et trois jours les week-ends en alternance.

Plus que tout, ce tableau ignoble lui donne envie de hurler. La voilà mère à mi-temps, elle qui ne s'était encore jamais séparée de son Léon. Il y a une violence incroyable dans ces dates cochées au feutre rouge, le partage de l'amour d'un enfant.

Léon ne mérite pas tout ça, mais il comprend déjà suffisamment de choses pour ne pas ajouter à la peine ambiante. Elle lui doit d'avoir l'air enthousiaste, sans en faire trop non plus. Il n'est pas dupe, son petit amour.

Lola se reprend. Elle aura du temps pour se lamenter plus tard. Pour le moment, il faut s'occuper de son fils.

Pendant qu'il se brosse plus ou moins vigoureusement les ratiches, Lola inspecte une dernière fois le contenu de la petite valise achetée pour l'occasion.

Elle vérifie que Léon part avec tout l'attirail de survie pour deux jours, Doudou One et Doudou Two en tête, peluches jumelles sans lesquelles son mini-monstre refuse tout simplement de se mettre au lit. Encore une fois, elle s'est crue plus futée que la moyenne des parents du monde. Dans la crainte d'égarer un jour le précieux doudou de Léon, elle avait acheté la réplique exacte de la peluche. Au cas où. Et évidemment, trois heures après, Léon était tombé dessus et avait décrété qu'il lui fallait les deux exemplaires de Doudou pour l'accompagner au pays des rêves.

Son idée de génie s'est donc transformée en double peine puisque, chaque soir, il faut retrouver Doudou One *et* Doudou Two qui semblent animés d'une vie propre et ont tendance à se retrouver toujours à l'opposé l'un de l'autre, de préférence dans deux pièces différentes.

Une fois les deux compères rapatriés dans la valise, au milieu de fringues pour tous les temps possibles, entre tempête de neige et climat équatorial, Lola tente de prendre le petit garçon dans ses bras.

— Oh mais, Maman, non ! Je suis grand, tu sais ! Tu vas pas me porter comme un gros bébé !

Il attrape la poignée de la valise et se dirige résolument vers la porte d'entrée. Lola essaie de ne pas craquer en voyant Léon, cette version miniature d'elle-même, prendre sur lui et s'avancer vaillamment vers un avenir incertain.

Ils entrent dans l'ascenseur étroit. Léon tient à appuyer sur le bouton et Lola le laisse faire, avec dans sa tête le compte à rebours qui les emmène vers cette séparation. La première d'une longue série qu'elle ne pourra jamais entièrement accepter.

Arrivés dans le hall de l'immeuble, elle s'agenouille pour fermer le gilet du petit garçon, profitant de ce moment pour le serrer brièvement dans ses bras, un peu plus fort que de raison.

Baptiste, garé en double file dans la petite rue, klaxonne impatiemment, les apercevant sûrement tous les deux à travers la porte vitrée de l'immeuble. Lola a à peine le temps d'embrasser son fils que déjà il s'installe à l'arrière de la jeep imposante de son papa.

Elle attend que la voiture disparaisse de sa vue pour faire demi-tour et rejoindre son appartement, la mort dans l'âme et le ventre noué, déjà morcelée, plus tout à fait elle-même.

2

Cache-cache

Paris, lundi 19 août 2019

Au rez-de-chaussée, deux étages plus bas, confinée à l'abri de son appartement, Martine Pichon est à son poste. Volets fermés pour empêcher la chaleur de pénétrer à l'intérieur, elle profite de ce temps dont elle dispose à sa guise pour vaquer à son occupation préférée du lundi.

Lorsque se fait entendre le bruit de l'ascenseur hors d'âge, elle s'installe à son poste, comme au cinéma. À chaque fois, c'est un frémissement qui la parcourt, un frisson d'anticipation. Celui d'avant la découverte, celui d'avant tous les possibles.

Juchée sur un tabouret de bar acheté pour l'occasion, elle se tient collée derrière la porte d'entrée de son appartement. Elle a même installé, tout autour du judas, un cercle de mousse pour ne pas se blesser lorsqu'elle reste des heures à lorgner ce qui se passe dans le couloir d'entrée de l'immeuble. Avec un appartement en rez-de-chaussée, elle a tout le loisir de voir défiler les habitants, avec vue imprenable sur l'ascenseur qui se situe juste à côté de sa porte d'entrée.

Les gens s'arrêtent là quelques secondes, quelques minutes, ne croyant pas être observés. Et c'est là que Martine les trouve le plus fascinants. Lorsqu'ils ne sont pas en représentation. Lorsqu'ils se pensent à l'abri des regards. Sans se douter un instant qu'elle dérobe un peu de leur vie, là, pour se goinfrer en cachette d'un morceau de quotidien volé.

Elle chipe le doigt dans le nez du quadragénaire chic et pressé qui vit au quatrième étage, la chanson mièvre que chantonne l'ado du cinquième en attendant que l'ascenseur veuille bien arriver. À soixante-sept ans, elle en a vu passer, des bribes d'existence. Et pourtant, elle ne s'en lasse jamais. Elle aime cette façon d'entrevoir ce que personne ne prend vraiment le temps d'observer. Regarder défiler le quotidien et pénétrer l'intime.

Pour l'heure, elle s'est préparé un sandwich jambon-beurre et le déguste tranquillement derrière sa porte, son fidèle carnet à proximité.

Elle tient chaque jour, par écrit, un état des lieux clair et précis des allées et venues des autres habitants de l'immeuble. Elle glane des informations pour chaque locataire et, telle une cheffe d'orchestre, elle peut dire de manière très précise qui va arriver ou s'apprête à partir. Avec ce petit exercice d'observation, elle s'est aperçue que la plupart des gens sont très prévisibles et ont, chaque jour de la semaine, un emploi du temps souvent identique.

Il y a ceux qui partent travailler le matin, ceux qui reviennent déjeuner puis repartent en coup de vent. Il y a ceux qu'on ne voit jamais si on n'y prend pas garde. Avec les personnes âgées, comme elle, c'est parfois plus compliqué, même si les vieux ont plutôt tendance à partir chercher le pain exactement à la même heure chaque jour. Parfois, ils disparaissent pour un temps de l'équation bien huilée. Un séjour à l'hôpital ? Un départ en vacances chez leurs enfants ? Martine s'évertue toujours à découvrir le pot aux roses.

Certains occupants demeurent de simples ombres. Ils passent à toute heure du jour et ne laissent rien deviner de ce qui se passe derrière les portes closes de leur domicile. Ce sont ceux qui lui donnent le plus de fil à retordre. Elle met un point d'honneur à surveiller ces inconnus qui s'entourent de mystère. Ils ont forcément quelque chose à cacher, et elle n'aime pas ça, Martine, les secrets. Les siens, passe encore, mais ceux des autres, il faut s'en méfier comme de la peste. C'est quelque chose qu'elle a appris il y a longtemps. Et il s'agit de ne plus se faire avoir. Les cachotteries, un jour ou l'autre, finissent par vous engloutir dans leur spirale infernale.

L'arrivante du dessus vient de passer avec un petit garçon. Martine n'a pu que l'entrapercevoir, une silhouette brune traînant une valisette rose pétard d'un goût très douteux.

Un petit frisson d'excitation la parcourt. La nouveauté l'enchante et l'inquiète tout autant.

Elle va devoir, dans les prochaines semaines, découvrir qui est cette dernière venue et, surtout, si elle ne va pas troubler le quotidien tranquille de la résidence. Elle est sur un dossier de plus.

C'est qu'elle se sent l'âme d'une gardienne des lieux et tient ses registres avec régularité et application. Comme un devoir. Une tâche dont personne ne connaît l'existence et qui lui permet de croire qu'elle maîtrise la vie au sein de la résidence parisienne.

Martine Pichon habille sa solitude d'un manteau élimé de petits riens dérobés aux autres, comme on raccommode à l'infini des bouts de sa vie.

Elle conserve tous ces fameux cahiers qui lui tiennent lieu de journaux de bord, intimes et universels à la fois. Au fil des années, elle a composé une sorte d'encyclopédie en plusieurs volumes. Elle y a glissé des articles de presse sur la vie du quartier, griffonné des bribes de réflexions, des pensées qui la traversaient. Des horaires de passage de locataires, de propriétaires, qui depuis ont déménagé ou passé l'arme à gauche.

Ces journaux sont le plus grand trésor qu'elle possède, même si personne, à part elle, n'a jamais posé les yeux dessus. Un pour chaque année qu'elle a vécue entre ces murs.

Ils racontent l'histoire de l'immeuble, du quartier, de Paris et parfois même d'une France qu'elle observe à la loupe. Il ne se passe pas une journée sans qu'elle consigne méticuleusement une conversation souvent anodine.

Aujourd'hui, la plupart des gens font de même sur ces fameux réseaux sociaux. Elle, au moins, a la décence de garder pour elle ces pensées qui n'intéressent personne. Assise sur son tabouret, entre deux apparitions de voisins, elle surfe, avec un mépris chaque jour plus grand, sur ces réseaux de l'intimité bafouée.

Drôle d'époque où les gens aiment montrer ce qu'ils mangent, ce qu'ils ont sur le dos ou sur le cœur, comme si ça avait la moindre importance. Ils déversent la tristesse de leur vie ou la mettent en scène avec allégresse, comme on trompe l'ennui, en tentant de trouver un écho dans la masse.

Elle s'est créé des pseudonymes.

Facebook. Twitter. Instagram. Il doit y en avoir d'autres, mais sa science en la matière s'arrête là. Elle ne poste jamais rien, bien évidemment : elle n'a ni l'âge, ni l'indécence de prendre ces fameux selfies, cette maladie du millénaire qui a porté au pinacle le vide absolu. Elle ne s'imagine pas mettre la bouche en canard et donner la recette de son coq au vin ou son avis sur le dernier conflit en date. Et ce n'est pas une question de génération. Elle n'a tout simplement pas l'impudeur de se croire intéressante.

Mais elle se tient dans l'ombre virtuelle, toujours à observer les autres.

Le premier con venu, anobli de quatre ou cinq abonnés, se voit doté d'une parole, d'une légitimité venue de nulle part qui lui donne le droit de claironner son petit avis sur tous les toits, comme un gamin qui fait un caprice mais que personne n'écoute. Une sorte de brouhaha ininterrompu où chacun tente de tirer la couverture à soi.

Une chose en particulier qui la fascine au plus haut point, c'est la régularité avec laquelle la mort rend les gens formidables. Toutes ces nécrologies de stars oubliées depuis des lustres qui reprennent vie aux yeux de la Toile, le jour de leur mort. Du jour au lendemain, les voilà qui manquent à la Terre entière, alors que de leur vivant elles n'intéressaient plus personne depuis des décennies.

Drôle de course qu'être le premier à pleurer un inconnu, à annoncer la nouvelle, deux heures après avoir publié sa recette de la soupe au pistou ou sa dernière trouvaille chez H&M.

Ce déversoir lui semble parfois effarant. Une corne d'abondance de dissonances intimes qui se perdaient dans la multitude. Pourtant, il faut bien l'avouer, elle est friande de ce que les autres ont à raconter. Comme on soulève le tapis pour découvrir toute la crasse accumulée.

Elle continue de faire défiler ce ramassis de banalités, droguée à l'inutile.

L'autre con de Paul-Henry, tiens, d'ailleurs, lorsqu'il ne traîne pas son caddie de bouquins poussiéreux, il tient un blog «littéraire». À son âge. Quelle honte! C'est bien la preuve que quelque chose ne tourne pas rond chez lui. Décidément, il n'a jamais su se tenir... Et les années passant, il ne semble pas s'être assagi. De mal en pis, même. Qui pourrait bien s'intéresser aux élucubrations littéraires d'un vieux schnock toujours affublé d'un nœud papillon?

Heureusement, il lui reste quand même deux sous de jugeote et il ne se prend pas en photo. Il se contente d'immortaliser ses fameux bouquins. Comme si quelqu'un allait perdre son temps à regarder gentiment des photos de livres...

Elle ne l'a pas vu passer de la journée, celui-là, d'ailleurs. Il doit être au fond de son antre, au milieu de sa bibliothèque poussiéreuse.

La porte d'entrée de l'immeuble laisse entendre son grincement habituel et la nouvelle voisine repasse dans le couloir. Elle se poste devant l'ascenseur et appuie plusieurs fois, rageusement, sur le bouton d'appel.

Elle est plutôt jolie. Enfin, peut-être. La vue de Martine, hélas, est loin d'être perçante, et ses lunettes sont restées sur la table du salon. De toute façon, elles la gênent lorsqu'elle est à son poste d'observation. Elle ne peut coller son œil à son aise et se cogne régulièrement le front contre le montant de la porte. Souvent, lorsqu'elle ressort d'une séance à sa vigie, elle en garde une trace rougeâtre sur le front.

Quand les portes de l'ascenseur s'ouvrent et que la jeune femme tire de toutes ses forces sur le battant récalcitrant, Martine entrevoit de plus près son visage et comprend qu'elle pleure comme une fontaine aux traces noires qui maculent ses joues.

Quelqu'un a dû venir chercher le petit garçon puisqu'il n'est plus dans ses pattes. Et cette séparation doit être la source du chagrin de la maman.

Bizarrement, dans les secrets de son cœur, Martine se sent rassurée. Elle n'est pas la seule à pleurer derrière les murs de son appartement.

3

Le papa et la maman

Paris, dimanche 25 août 2019

Lola leur fait un dernier signe de la main depuis le balcon.

Sa mère est venue passer quelques jours à Paris avec Max pour aider la jeune femme à aménager son nouvel appartement. Ils ont quitté leur région toulousaine bien-aimée et leur maison en rase campagne pour venir dans la capitale qu'ils n'apprécient pas beaucoup.

Elle les regarde s'éloigner jusqu'à ce qu'ils disparaissent au coin de la rue, encore peu animée en ce dimanche matin. Maxou a posé un bras protecteur sur l'épaule de son épouse, comme il le fait toujours lorsqu'il semble vouloir la soulager un peu du poids de ses peurs. Pour lui dire que tout va bien se passer. Les deux éternels amoureux ont leur propre langage. Ces gestes de l'intime qui se répondent en silence.

Maxou n'est pas le père biologique de Lola, et

pourtant, c'est tout comme. Son Maxou. C'est Lola, enfant, qui a trouvé ce diminutif qui le définit si bien.

Quand elle était petite fille, il était entré dans sa vie, à pas de loup, sans s'imposer. Il ne voulait pas déranger. Il ne voulait pas forcer les portes. Avec délicatesse, il avait franchi les différents paliers qui menaient vers l'enfant secrète qu'elle était alors. Il s'était intéressé à elle, non pas comme la plupart des adultes, avec un but en tête. Non, Max avait pris le temps de l'apprivoiser. D'apprendre qui elle était. Sans chercher à être apprécié à tout prix. Jusqu'à ce que, jour après jour, il lui devienne indispensable.

Elle ne pouvait se résoudre à l'appeler *Papa*, puisqu'un père, elle en avait un quelque part, même si elle ne savait pas exactement où. *Maxou* était venu naturellement et, depuis, s'était rempli d'un sens qui n'appartenait qu'à eux. Beau-père. Beau et père. Ce n'était pas suffisant pour le décrire. Il était beau, oui, mais tellement plus que ça.

Maxou. La tendresse. Maxou, le roublard au cœur tout mou. Debout face à l'adversité. Toujours droit dans ses bottes. Maxou, ce roc dans les tempêtes.

Lola se souvenait très bien, même si elle était jeune à l'époque, de la transformation qu'il avait opérée chez sa mère. De taciturne et solitaire, Françoise s'était peu à peu ouverte à nouveau au monde, aux choses qui l'entouraient. Max avait rallumé chez elle une étincelle de vie qui s'était transformée en joli brasier, pour ne plus jamais s'éteindre.

Il avait permis à Lola, du haut de son jeune âge, de découvrir que les êtres pouvaient dissimuler plusieurs visages. Transformant sa mère en une femme joyeuse et pleine d'entrain que la petite fille n'avait encore jamais vue.

Maxou. Le magicien.

Au fil des années, l'amour qui unissait Françoise et Maxou était devenu une simple évidence pour tout leur entourage. Le couple qu'ils formaient s'était toujours tenu là. À l'orée de la vie de Lola. Dans l'ombre, mais toujours prêts à entrer en scène si le besoin s'en faisait sentir.

D'autant qu'en plus de lui offrir une figure paternelle, Max avait sorti de ses bagages une sœur pour Lola : Clarisse, petite fille aussi blonde que Lola était brune. Aussi solaire et bruyante que Lola pouvait être solitaire et renfermée.

Du premier mariage de Maxou, Lola ne connaissait pas les détails mais imaginait sans peine la banale histoire d'un couple sorti du lycée, qui ne savait pas qu'on pouvait faire un enfant juste en faisant l'amour. Un couple sûrement pas très bien assorti, qui s'était retrouvé avec un bébé sur les bras. Et quoi de plus encombrant qu'un bambin lorsqu'on ne se connaît pas vraiment ? Lola, aujourd'hui, ne pouvait que cruellement comprendre l'ironie de ce genre de situation. Celles qui se répètent dans la longue liste des erreurs humaines.

Si Lola avait adopté le nouveau compagnon de sa mère, elle s'était également liée à cette sœur tombée du ciel et qui avait le même âge qu'elle. Avec Clarisse, elles avaient passé leur enfance à se présenter comme des jumelles, fausses, évidemment, mais jumelles quand même.

Et si Lola reste terrifiée par son installation parisienne, le fait de savoir sa sœur dans les parages lui rend la pilule plus douce à avaler. Elle ne sera pas seule dans la capitale puisque Clarisse y vit déjà depuis plusieurs années.

Françoise et Max étaient donc venus quelques jours pour aider Lola et Léon à emménager dans ce nouvel univers. Ils tenaient à être là. Ils tenaient à aider. Sans donner leur avis sur toutes les questions auxquelles Lola n'entrevoyait pas encore les réponses. Arrivés le mercredi pour profiter des deux jours de garde de Lola, ils avaient entraîné Léon dans une ribambelle d'activités sans jamais émettre un signe de lassitude ou d'agacement. Ils passaient du temps avec lui le plus souvent possible, laissant à leur fille le loisir de souffler un peu. Leur petit-fils, leur doux trésor, ne pouvait pas se passer d'eux, et ils comprenaient instinctivement à quel point leur présence le stabilisait. Puis, après l'avoir rendu à son père, ils avaient pu tout au long du week-end s'attaquer aux travaux sans avoir le garçon trop curieux dans les jambes.

Lola n'avait qu'à décider, ils cherchaient, s'échinaient puis trouvaient la solution pour accomplir de petits miracles.

Françoise avait arpenté les boutiques de décoration de la capitale, accompagnée d'un Max conciliant, porteur attitré de sacs en tous genres. Elle avait traîné son patient de mari dans le concept store *Merci* qu'elle rêvait de visiter depuis des lustres à force de baver sur les pages de magazines spécialisés. Elle avait amoureusement couvé des yeux chaque bibelot et avait profité de chaque seconde dans ce lieu de toutes les tentations, comme on réalise un rêve.

Elle n'avait pas résisté à se prendre en photo dans la cour intérieure du magasin, juchée sur le capot de la petite Fiat rouge écarlate garée devant l'entrée, un sourire béat aux lèvres. Elle avait ensuite passé la soirée à détailler à sa fille chaque article, avec de la gourmandise dans la voix. Lola avait juste eu à simuler un enthousiasme débordant pour voir sa mère tout illuminée du devoir accompli.

Françoise avait cousu des ourlets aux rideaux pour qu'ils tombent pile-poil. Maxou avait remplacé les vieilles plaques électriques par des plaques à induction flambant neuves. Françoise avait peint avec application les vieilles tables de chevet récupérées en bas de la rue. Les encombrants n'avaient pas eu à passer. Maxou s'était chargé d'en changer les poignées pour accéder aux désidératas de celle qu'il considérait comme sa propre fille.

On dit qu'il n'y a pas d'amour, qu'il n'y a que des preuves. Et ses parents ont passé leur vie à être là. Lola en est parfois agacée, bien égoïstement, car elle ne se sent pas à la hauteur de tant de dévotion. En enfant gâtée, elle a ses périodes de rébellion inutile, comme une vieille adolescente sur le retour qui voudrait prouver qu'elle sait se débrouiller seule. Au fond d'elle, elle a terriblement conscience qu'elle a autant besoin d'eux que lorsqu'elle n'était pas plus haute que trois pommes. Elle se demande souvent comment fait le reste de l'humanité pour devenir adulte et autonome. Lola voit les traces du temps sur leurs visages et chaque fois, son ventre se tord à l'idée qu'un jour, lointain, ils finiront par s'en aller. Cette angoisse sourde lui fait parfois tellement mal qu'elle se réveille bouleversée aux petites heures du jour.

Les voir disparaître au coin de la rue lui fait monter les larmes aux yeux. Qu'est-ce qu'elle peut les aimer. Qu'est-ce qu'elle leur est reconnaissante de savoir si bien alterner entre absence retenue et présence discrète, mais enveloppante. Lorsqu'ils sont là, elle peut se reposer sur eux. Et elle en a sacrément besoin. Tout change tellement vite. Elle ne reconnaît plus sa vie.

Comme il lui paraît loin, le temps béni de l'innocence.

Elle aimerait pouvoir revenir à ces heures d'enfance où ils vivaient ensemble, où elle n'avait pas à se demander quand aurait lieu leur prochaine entrevue. En même temps, elle a conscience qu'elle ne tiendrait pas plus d'une dizaine de jours sous le même toit.

Elle s'en veut aussi d'être parfois agacée par cette image parfaite que reflète le couple de ses parents. Ce n'est pas de la jalousie, mais une colère rentrée qui débarque sans prévenir. Ils ravivent son propre échec.

Alors, sans pouvoir se retenir, elle devient désagréable et douche en une phrase assassine la bonne humeur ambiante. Et même si elle s'en veut terriblement la seconde d'après, le mal est fait et elle n'a plus qu'à se sentir juste un peu plus minable.

De manière générale, elle ne supporte pas les départs, les au revoir et l'incertitude d'une hypothétique date de retrouvailles. Alors elle serre les dents et montre le moins possible de sa peine. Faisant souvent passer cela pour de l'indifférence. Une fille au cœur sec. Pas très douée pour donner des nouvelles. Parfois trop concentrée sur elle-même.

Elle a le sentiment d'être la seule à devoir se battre. Elle se sait injuste, mais ne peut aller contre ses ressentis. Sa mère ne peut pas comprendre que Max est l'exception qui confirme la règle. Les hommes sont lâches, infidèles et inconséquents. Ils ne sont pas à la hauteur, mais ça, elle ne peut en parler avec son épouse épanouie de mère.

La rue est pleine de monde, mais si vide désormais. Ils sont partis.

Lola respire un grand coup, là sur ce balcon minuscule. Il va lui falloir du courage pour affronter la suite. Elle n'a pas vraiment le choix.

4

Le facteur

Paris, samedi 31 août 2019

Paul-Henry est toujours tiré à quatre épingles. Toujours bien mis.

Plus personne n'utilise cette expression, il le sait, et pourtant elle lui reste en mémoire. C'est ce que sa défunte mère lui répétait en permanence depuis sa plus tendre enfance.

— Un homme doit être bien mis, Paul-Henry. Nous ne sommes pas des animaux. Et quelqu'un de notre statut se doit d'être toujours bien mis.

Paul-Henry est chic. Chic et choc. Il met un point d'honneur à faire réaliser, chez son tailleur préféré, des habits sur mesure qui sortent de l'ordinaire. Il choisit les tissus avec une minutie qui n'a d'égale que son originalité. En toute occasion, il porte un costume impeccablement repassé et son éternel nœud papillon, touche de couleur dans une tenue sobre et élégante. Chaussures vernies jusqu'à ce qu'il puisse se voir dedans.

Le nœud pap, c'est la cerise sur un gâteau déjà bien garni. Le vieux monsieur n'est jamais sorti de chez lui sans ce porte-drapeau épinglé au col. Pour lui, ce serait tout aussi saugrenu de se balader sans que de se présenter en caleçon dans la cour de l'immeuble.

Paul-Henry est un vieux monsieur. Il le sait bien. Il ne se fait pas beau pour séduire ou être admiré. L'élégance, chez lui, est juste une forme de politesse envers les autres.

Tous les samedis, il fait le tour des huit bâtiments qui composent la résidence en traînant derrière lui un cabas brinquebalant. Il faut dire que l'objet est encombrant et rempli à ras bord. Comme le père Noël avec sa hotte, les rennes en moins.

Dans son coffre à trésors, des livres. Comme des louis d'or ou des pierres précieuses.

Il toque aux portes, il apporte sa belle humeur au voisinage. Il se sent comme un facteur toujours porteur de bonnes nouvelles.

Certains voisins l'entendent débarquer et ordonnent aux gamins de ne pas faire de bruit, ils ne veulent pas laisser entrer le vieux monsieur, ils n'en ont rien à faire de ses vieux bouquins poussiéreux et de ses discours ennuyeux. Pourtant, Paul-Henry ne se résigne pas et attend patiemment qu'on veuille bien lui ouvrir la porte. Après quelques minutes sans réponse, il fait demi-tour en se promettant de revenir la semaine suivante. Certains Parisiens sont très méfiants et il ne peut pas leur donner tort.

Heureusement, pour d'autres, c'est un rendez-vous qu'ils ne ratent jamais.

Certains habitants de la résidence l'attendent avec impatience, le café frémissant, une tasse déjà prête pour ce vieux monsieur si attentionné.

Lorsqu'il a été alité il y a des années de cela et n'a pu honorer sa visite hebdomadaire, il a reçu de nombreux messages dans sa boîte à lettres, preuve irréfutable de l'importance de sa tâche.

Ses voisins sont un joli échantillon de lecteurs. De la poésie aux thrillers sanguinolents, des romans à l'eau de rose aux classiques les plus rabattus. Peu à peu, il a appris à connaître leurs préférences.

Paul-Henry est un passeur de mots. Il trimballe son amour de la littérature et le partage, l'offre de bon cœur. Il ne vit plus que pour ça. Pour donner l'amour des livres aux habitants de sa vie. C'est une sacrée belle façon de donner du sens à ce crépuscule étrange que semble être la vieillesse.

Le bibliothécaire ambulant n'oublie jamais aucun appartement. Il n'y a guère qu'à la porte de Martine qu'il ne toque pas. Pas la peine. Elle n'ouvrirait pas. Et il sait très bien que la lecture ne fait pas partie de ses priorités. Elle lui claquerait la porte au nez en veillant bien à ce qu'il la prenne en pleine face.

Ce matin, il a décidé de rendre visite à la petite nouvelle. Il l'a croisée rapidement lors de son emménagement et s'est retenu d'aller la voir immédiatement. Il a rongé son frein pendant plusieurs jours, mais le moment est venu de se présenter.

Le vieux monsieur grimpe vaillamment les escaliers et s'arrête sur le palier, histoire de reprendre un peu sa respiration. Il ne faut pas paraître essoufflé, il pourrait faire peur à la jeune femme. L'élégance est dans l'attitude. Et la première impression est capitale.

Paul-Henry sort un mouchoir brodé à ses initiales de sa poche et prend quelques instants pour s'essuyer le front. Il le replie minutieusement, en s'émouvant de l'utilité de cet objet si délicat. Les gens n'ont plus de mouchoirs. Ils préfèrent ces Kleenex si pratiques mais dénués de classe. Il sourit et toque à la porte.

Au bout de quelques secondes, toujours pas de réponse. Paul-Henry tend l'oreille et entend un sacré vacarme qui provient de l'intérieur. Il n'ose nommer musique cette sorte de rap cacophonique qui se déverse dans l'appartement jusque dans le couloir. Il plisse un peu les yeux, esquisse une moue comme quand on subit le crissement de la craie sur un tableau noir.

Puis il sourit à nouveau en se disant que les nouveaux habitants ne vont pas tarder à faire connaissance avec l'intraitable Martine s'ils continuent à pousser les décibels à fond. Et ça risque de leur faire drôle !

Paul-Henry attend encore quelques secondes, puis se décide à appuyer sur la sonnette.

Finalement, c'est une jeune femme un peu étonnée qui lui entrouvre la porte, sans enlever la chaînette, ne laissant voir que son joli visage.

— Bonjour, chère madame. Je me présente, Paul-Henry, je suis un de vos voisins. J'habite au rez-de-chaussée et je tenais à vous souhaiter la bienvenue.

La nouvelle venue ouvre alors la porte en grand et, tout en s'excusant, se tourne vers l'intérieur de l'appartement.

— Léon, crie-t-elle, tu peux baisser ta musique, s'il te plaît ? Nous avons de la visite !

Elle revient vers Paul-Henry.

— Je suis désolée. Mon fils n'a que six ans, mais il écoute Bigflo et Oli comme un ado prépubère. Et je vous jure que je n'y suis pour rien. J'ai bien tenté Chantal Goya, mais rien à faire, il me rit au nez ! Le lapin qui tue le chasseur, Bécassine et le soulier qui vole, ça doit être d'une autre époque...

Elle éclate d'un rire un peu forcé, et Paul-Henry sent un trouble l'envahir. Pendant quelques secondes, ce rire se superpose à un autre.

L'impression fugace disparue, Paul-Henry répond poliment :

— Il faut bien que jeunesse se passe ! À chaque époque sa musique de sauvage, non ?

S'ensuit un petit moment de flottement.

Comment gère-t-on ce genre de situations, déjà ? Le vieil homme reste là, un peu guindé, mais tout sourire face à Lola qui réfléchit à toute vitesse à ce qu'elle pourrait dire pour continuer cet échange improvisé.

— C'est très gentil de venir nous saluer, monsieur.

— Appelez-moi Paul-Henry ! Nous sommes amenés à nous croiser, et je serai ravi de vous aider à vous installer si vous avez besoin de quoi que ce soit !

— Va pour Paul-Henry, alors. Je ne vous invite pas à rentrer, car c'est encore un peu le bazar. Mais une prochaine fois, avec plaisir !

Lola espère qu'elle ne semble pas trop cavalière à ce drôle de vieux monsieur, mais elle n'a pas vraiment envie de le voir investir son petit appartement. Elle a trop peur de ne pas arriver à s'en débarrasser après. Les voisins, c'est bien, surtout lorsqu'ils restent chez eux !

Comme s'il avait senti qu'il devait intervenir, Léon, encore en pyjama, pointe son nez au bout du couloir et, voyant sa mère en pleine conversation, débarque en trottinant, curieux de savoir qui vient leur rendre visite.

Paul-Henry se baisse à sa hauteur et lui tend la main.

— Enchanté, jeune homme. Je me présente, Paul-Henry. Je suis votre voisin du dessous.

— Mes hommages, Votre Majesté, je suis Léon, moi, tu sais !

— Léon, on ne tutoie pas les adultes comme ça, je te l'ai déjà dit…

Mais Paul-Henry éclate immédiatement d'un rire franc.

— Enchanté, Léon ! J'espère que vous aurez l'occasion de visiter mon royaume, alors !

Lola tente de se justifier.

— Cet enfant a une imagination débordante, il m'épuise…

— Mais c'est très bon signe, ça ! Il a l'âge de faire travailler son imaginaire !

Léon regarde sa mère en riant comme pour lui signifier que le vieux monsieur a complètement raison.

— C'est vrai, mais ça ne l'empêche pas de rester poli, hein ?

Léon baisse la tête, un peu vexé d'être rabroué devant un étranger.

— Mais il n'a pas été impoli, loin de là. Je ne vais pas vous déranger plus longtemps. Je voulais juste vous prévenir que je passais tous les samedis dans les appartements de la résidence.

Lola ne peut éviter de faire de grands yeux étonnés, Paul-Henry s'explique alors :

— Je fais le tour des popotes avec des livres. Je prête des livres aux habitants. C'est ma petite contribution. Je suis fou de lecture, j'ai même un blog, vous savez !

Il paraît tout fier de lui et, à cet instant, la jeune femme se sent touchée par cette simplicité. Il farfouille dans ses poches, en sort un étui en argent de belle facture et lui tend un morceau de carton.

— Je vous laisse ma carte de visite.

@Paul_en_lit
Blogueur littéraire et bibliothécaire ambulant
FACEBOOK – INSTAGRAM – TWITTER

— Très bien, j'irai jeter un coup d'œil, alors !

Léon, qui n'a pas raté une miette de la conversation, lève les yeux tour à tour vers sa mère et le vieux monsieur.

— C'est quoi, Maman, un blog ?

— Je t'expliquerai, canaille ! Allez, file, il va être temps de se débarbouiller le museau et de s'habiller ! Tu crois que Bigflo et Oli restent en pyjama toute la journée ?

À ces mots, le petit Léon adresse un signe rapide à Paul-Henry en guise d'adieu et file comme une fusée en direction de la salle de bains.

— Merci, Paul-Henry. À bientôt, alors ! Je vous souhaite une bonne journée !

Après que sa nouvelle voisine a refermé la porte sans plus de cérémonie, le vieux monsieur reste quelques secondes sur le seuil, encore attendri par ce petit bonhomme.

Il ajuste son nœud papillon, un tic chez lui, et entame la descente de l'escalier vers le rez-de-chaussée, un drôle de sourire aux lèvres.

Un peu de vie dans l'immeuble, ça ne fera pas de mal !

5

Coffre à jouets

Paris, samedi 31 août 2019

Le carillon, accroché à la porte d'entrée de la petite boutique, tinte comme on rend son dernier souffle lorsque, après avoir lutté quelques minutes avec la clef, Martine Pichon arrive enfin à ouvrir la porte.

Elle s'avance précautionneusement dans son antre, dépose son manteau sur le dossier de la chaise, derrière le comptoir, et passe environ dix minutes à se battre contre la grille déglinguée.

Elle peste, s'agace, mais à dix heures pétantes le magasin est ouvert.

Avec un peu de chance, elle verra passer un client ou deux dans la journée qui viendront lui demander un article qu'elle ne vendra évidemment pas.

Martine Pichon tient un magasin de jouets ou, pour être plus exact, elle traîne cette boutique comme une malédiction accrochée à ses basques. Elle y rendra sûrement son dernier souffle.

Sur l'enseigne, dehors, on peut lire :

LE COFFRE À JOUETS

ACHAT – VENTE – RÉPARATIONS

La boutique a des allures de grenier. Il n'y a aucun espace libre. Partout s'amoncellent des jouets d'un autre âge sans aucune volonté d'un quelconque classement. Les gamins d'aujourd'hui n'y retrouveraient pas leur latin. Les plus téméraires à s'être aventurés en ces lieux n'ont su qu'écarquiller les yeux et se rapprocher ostensiblement du parent qui avait eu la bonne idée de les traîner à l'intérieur.

Le magasin de Martine Pichon ressemble à l'antichambre du père Fouettard.

Il existe dans la capitale des centaines de boutiques comme celle-ci. Des magasins dans leur jus, anachroniques et désuets. Souvent, le client qui vient s'y perdre se demande bien quel est ce drôle d'endroit et surtout comment il est possible de retirer un bénéfice financier d'un tel capharnaüm. Il ressort en supposant qu'il s'agit d'une couverture, d'un moyen pour blanchir l'argent sale d'une mafia quelconque.

La décoration y est plus que sommaire. Des étagères, alignées comme dans une bibliothèque, remplies de jouets dont la date de fabrication semble remonter au siècle dernier. Ça sent la poussière et l'enfance envolée.

Poupées de porcelaine à l'allure inquiétante, balafrées de toutes parts par un usage peu précautionneux de générations de gamins depuis devenus vieux, voire morts. Soldats de plomb revenus de guerres sûrement perdues d'avance. Peluches imprégnées jusqu'à la moelle d'acariens et autres joyeusetés en tous genres, véritables nids à microbes pour enfants plus très sages.

Rien n'est neuf. Tout est ancien. Les plus polis disent vintage, les plus réalistes parlent de déchets.

Pourtant, du mardi au samedi, Martine Pichon ouvre la grille, s'installe derrière sa caisse et attend que les journées passent. Quelle que soit la météo, quel que soit son état de santé, elle est là. Elle se fond dans le décor. Vieillerie parmi les vieilleries, c'est souvent ce qu'elle se dit avec un drôle de rictus aux lèvres.

La plupart du temps, les rares visiteurs sont des quadragénaires aux abois qui tentent de venir revendre des collections hétéroclites datant de leur enfance. Ils débarquent, l'œil un peu fou, et sortent de leur besace un jouet qui ne vaut pas tripette mais qui, à leurs yeux, a des allures de trésor.

Pourtant, vu le fonctionnement de son commerce, Martine n'a guère la possibilité de racheter du stock. Rien ne se vend, cela fait des années qu'elle se coltine les mêmes articles abandonnés aux quatre coins de sa petite boutique des horreurs.

Ils repartent souvent dépités qu'elle n'ait même pas jeté un coup d'œil à leurs reliques. Les plus intrépides se permettent même une réflexion sur l'utilité d'afficher sur la devanture « achat » alors même qu'elle semble bien n'en avoir rien à faire. En une phrase bien placée, Martine arrive à chaque fois à refroidir leurs velléités de rébellion et les invite, d'un ton glacial, à vite débarrasser le plancher. S'ils ne sont pas contents, ils n'ont qu'à aller se faire cuire un œuf chez JouéClub.

Y a pas à dire, elle sait y faire pour une bonne publicité, Martine.

De toute façon, elle s'en moque, et aujourd'hui encore plus. Elle est chamboulée par sa rencontre avec la nouvelle habitante de l'immeuble.

Le premier contact entre Lola, Léon et Martine a eu lieu ce matin. La rentrée scolaire approche à grands pas et Lola profite de chaque seconde passée avec son fils. Lorsqu'il n'est pas chez son père, le petit garçon ne la quitte pas d'une semelle. Il doit être dans la même pièce que sa mère, quelle que soit son activité. Loin de déranger Lola, cette proximité lui met du baume au cœur.

À peine avait-elle émergé de l'ascenseur ce matin-là qu'elle heurtait littéralement la porte d'entrée de la vieille dame du rez-de-chaussée. Cette dernière sortait sa poubelle pile au même moment.

Lola s'est confondue en excuses et en a profité pour se présenter.

— Bonjour madame, j'espère que vous ne vous êtes pas fait mal ! Nous venons d'emménager.

— Vous louez l'appartement du troisième, c'est ça ?

— On ne le loue pas, non. En fait, je suis propriétaire. Je m'appelle Lola, et voici Léon, mon fils !

La vieille dame a eu un mouvement de recul. Elle s'est tournée vers Léon, l'air de vouloir reprendre contenance. Lola n'a pu s'empêcher de penser qu'elle semblait s'être pris un coup de massue. Ou était-ce à cause d'elle ? Peut-être lui avait-elle fait mal en heurtant sa porte ?

Mais rapidement, la voisine a paru reprendre ses

esprits. Lola ne pouvait s'empêcher de la trouver un peu bizarre.

— Qu'il est mignon ce petit ! On dirait un bonobo, avec ses oreilles décollées…

Lola a cru mal entendre. La femme était-elle en train de comparer son fils avec un singe ? Elle avait vraiment dû prendre un sacré coup sur la tête !

— C'est qui, Maman, Bonobo ?

— Personne, mon cœur. C'est… C'est…

Elle ne pouvait décemment pas expliquer à son fils qu'il s'agissait d'un primate. Comment pouvait-on être aussi méchante avec un enfant ? Ou alors la vieille dame perdait peut-être la boule. Oui, ça devait être ça. Personne de sain d'esprit ne sortirait une chose pareille sans sourciller.

Lola, pour s'éloigner de cette femme, s'est avancée vers le hall et les boîtes à lettres, triturant le trousseau de clefs pour trouver celle qui lui permettrait de récupérer son courrier et de vite rentrer dans leur appartement.

La vieille folle, qui s'était empressée de les suivre, s'est penchée vers son fils et lui a caressé le visage, les yeux brillants, les mains tremblantes. Lola a refermé la boîte à lettres – vide, évidemment – dans un claquement et s'est dressée entre son enfant et la voisine. Celle-ci était restée plantée là, avec une expression de défi. Comme si elle comprenait exactement l'incongruité de sa fâcheuse comparaison et s'en amusait, justement. Lola n'a pas su quoi dire. Elle commençait à sérieusement l'agacer, cette bonne femme.

— C'est qui, Maman, Bonobo, en vrai ?

La folle furieuse n'a pas laissé à Lola le temps de répondre :

— C'est un singe ! Enfin, une race de singe. Tout mignon, comme toi, jeune homme.

Lola, décontenancée, a attrapé Léon par la main, pressée de rejoindre l'étage. De sa main libre, le petit garçon appuyait sur son oreille gauche, comme s'il risquait de la perdre à tout moment dans l'escalier.

— Maman, la vieille, elle dit que j'ai les oreilles qui vont tomber ? On mettra de la colle, alors, hein…

La voisine lui a alors agrippé sa main libre au vol et planté son regard dans celui de Lola.

— Je ne me suis pas présentée. Je suis Martine Pichon. J'habite l'appartement du rez-de-chaussée. Je suis un peu la gardienne ici. Je suis au courant de tout et je veille à ce que tout se passe bien.

Elle a baissé son regard froid, comme celui d'un serpent, ou d'un alligator, vers le petit garçon.

— Je ne suis pas vieille, jeune homme, juste un peu âgée. Et tes oreilles ne tomberont pas. C'est juste un peu disgracieux, mais ça peut changer en grandissant. Et puis c'est pas dramatique si tu les gardes comme ça, ça te donnera un charme. C'est bien, aussi, de pas être comme tout le monde…

Ramenant son regard sur Lola, elle a ajouté d'un ton sans appel :

— Et faudrait voir à apprendre la politesse à votre môme, chère Madame.

Sans plus de cérémonie, elle s'en est retournée vers la porte de son antre qu'elle a claquée avec application pour bien signifier son mécontentement.

Quelques heures plus tard, du fond de sa boutique, Martine Pichon repense à cette entrevue. Cette fille ne lui inspire pas confiance. Elle dit être propriétaire de l'appartement dans lequel elle vient de s'installer. Et ça, Martine n'arrive pas bien à y croire. Elle ne sait que trop bien qui avait vécu là. Rien que de repenser à lui, elle sent sa tête tourner. C'est vrai que le petit lui ressemble… Mais non, les gamins, ça ressemble à n'importe qui.

Elle jette un regard absent sur le capharnaüm qui l'entoure et se fait la réflexion qu'il y a des coffres, remplis de vieux jouets cassés, qu'il vaut mieux ne jamais rouvrir.

6

Balançoire

Paris, lundi 9 septembre 2019

Lola et Léon, en très peu de temps, ont trouvé leur rythme. Le quotidien chamboulé a fini par se réinventer et Lola essaie de prendre les bons moments lorsqu'ils se présentent.

Celui qu'elle préfère ? Le matin, en semaine, lorsqu'ils font ensemble le trajet qui les sépare de l'école de Léon. Elle n'est qu'à dix minutes de l'appartement et pour rien au monde elle n'échangerait ce moment qui lui fait commencer la journée sur le bon pied.

Lorsqu'elle remonte une semaine en arrière seulement, elle s'épate du chemin déjà parcouru. Il faut dire que le premier jour d'école a été une véritable torture pour elle.

Léon avait passé le week-end chez Baptiste et ils étaient convenus de se retrouver tous les trois devant le nouvel établissement scolaire afin que Léon ait ses deux parents pour affronter cette journée importante.

Autant que faire se peut, ils allaient essayer d'être des parents dignes de ce nom, adultes et responsables.

Baptiste et Léon sont arrivés avec dix bonnes minutes de retard, Léon complètement débraillé, traînant derrière lui son père en aussi mauvais état.

Lola a tenté un sourire, entre la grimace et le cri rentré. Baptiste l'a embrassée sur la joue, comme une vieille copine, et lui a offert une de ses spécialités, le regard de chien battu.

— Le réveil n'a pas sonné.

— Encore aurait-il fallu le mettre, non ?

Lola s'est immédiatement détournée de son ex-mari, celui qu'elle avait cru être l'homme de sa vie, et s'est empressée de mettre un peu d'ordre dans la tenue de son fils.

— Papa a pensé à mettre tes lunettes dans le cartable ?

Elle s'était adressée à Léon pour la forme. À l'expression du visage de Baptiste, elle a compris que non, il n'y avait évidemment pas pensé. Il ne fallait pas qu'elle soit mesquine. Elle ne devait pas laisser paraître son agacement grandissant. Honteusement, elle voulait se montrer sous son meilleur jour à son ex, comme pour lui faire regretter d'avoir renoncé à mourir auprès d'une femme aussi compréhensive et détendue qu'elle. Piètre victoire d'un ego en lambeaux.

Son petit homme, lui, se tenait bien droit, agrippé aux bandoulières de son cartable, un sourire courageux aux lèvres, mais Lola n'était pas dupe. Comme elle était fière de lui en cet instant. Il faisait tout pour ne pas montrer son angoisse qui sautait pourtant aux yeux. Une pointe de culpabilité était encore venue perforer le cœur de sa mère, immédiatement remplacée par un accès de haine pure envers Baptiste. La cause de tous leurs malheurs, de tout ce chambardement. Le fautif. Dieu, le Père.

Tous les gamins étaient dispersés dans la cour de récréation, dans un joyeux brouhaha fait d'anxiété parentale et d'insouciance juvénile. Les maîtresses, un peu débordées, tentaient de prendre le temps avec chaque parent en cette journée particulière. Lola, Baptiste et Léon attendaient sagement que ce soit leur tour.

Lola se forçait à ignorer son ex-mari et s'est assise avec son fils pour entamer une partie de chifoumi afin de tenter de dissiper leurs angoisses respectives et faire passer le temps. Le petit garçon n'arrivait pas à vraiment se concentrer sur le jeu et ne faisait que parler de son pantalon qu'il trouvait juste *abominable*.

— Vraiment, ce jean est horrible, Maman. Quelle honte ! Un jean orange, on a jamais vu ça !

— Il est très bien, ton pantalon, mon cœur…

— Mais orange, Maman !

— Tu sais que ce pantalon est exactement le même que celui de Soprano dans un de ses clips ?

Le visage du petit garçon s'est éclairé un instant, puis a plongé dans une perplexité absolue.

— Je ne m'en souviens pas… Tu es sûre de toi, Maman ?

— Évidemment, mon cœur, je l'ai acheté pour cette raison ! Sinon, pourquoi acheter un pantalon orange ?

Elle s'en est bien sortie pour cette fois, et lorsque est

venu le moment de se séparer, elle a serré Léon dans ses bras puis s'est éloignée presque en courant, sans adresser un mot ou un regard de plus à Baptiste. Pas besoin de faire des extras d'amabilité non plus, surtout lorsque Léon n'est plus dans les parages.

L'attente a alors commencé.

Elle a passé la journée dans un état second, envisageant le pire, les yeux rivés sur son téléphone, prête à débarquer pour sauver son fils des griffes de l'Éducation nationale et des traquenards que l'institution scolaire pouvait mettre sur sa route.

Une multitude de scénarios catastrophes tournaient en boucle dans sa tête. Elle se demandait si son petit homme allait arriver à gérer le self. Dans son ancienne école, c'était une cantine traditionnelle, on servait les enfants à table. Là, rien que de l'imaginer empêtré avec son plateau, elle avait envie de se mettre à crier. Elle l'imaginait renverser tout le contenu de son déjeuner au milieu de camarades hilares et moqueurs.

Et si on se moquait de son pantalon ? Arriverait-il à lui pardonner un jour cette faute de goût ?

Finalement, elle a récupéré un Léon ravi à l'heure de la sortie. Le voir accourir vers elle, complètement hilare, lui a immédiatement ôté la chape de plomb qu'elle avait sur l'estomac. Elle n'a pu s'empêcher, encore une fois, d'admirer cette faculté d'adaptation dont elle-même est totalement dépourvue.

— Je me suis fait une copine. Elle est dans ma classe, elle s'appelle Chloé. Elle m'a donné un chewing-gum à la fraise, Maman ! C'est son parfum préféré ! Tu te rends compte, Maman ! Comme moi ! Après le self, je me suis fait deux ennemis aussi. Ils voulaient que je dégage de la balançoire. Je leur ai dit d'attendre leur tour. Elle est à tout le monde, la balançoire, tu sais. Et c'est pas parce qu'ils sont plus grands qu'ils sont les chefs !

— Léon, on ne dit pas « dégager », s'il te plaît. C'est pas jojo comme façon de parler, mon poussin. Mais tu as raison, il faut savoir partager.

Elle a râlé pour la forme, mais dans le fond elle était heureuse que son petit garçon ne se laisse pas faire. Elle se disait qu'elle n'avait pas complètement tout raté s'il avait suffisamment confiance en lui pour tenir la dragée haute à deux inconnus un peu badass lors de son premier jour dans une nouvelle école.

Les jours suivants ont tout autant enthousiasmé le petit garçon, ne cessant de soulager Lola, au moins le temps de le déposer et de le voir sourire à pleines dents au moment de lui dire au revoir.

En général, c'est plutôt la course, le matin. Lola a beau prévoir un réveil suffisamment tôt, ils arrivent toujours à se mettre en retard. Léon trouve toujours une activité de la plus haute importance au saut du lit, décalant irrémédiablement l'organisation brinquebalante que sa pauvre mère tente d'instaurer. Pourtant, elle ne s'en plaint pas, car lorsqu'ils franchissent la porte d'entrée de l'immeuble en courant, elle se sent pleine d'une énergie débordante.

Le petit garçon trottine, accroché à sa main, en bavardant sans discontinuer. Un moulin à paroles qui ne cesse d'émouvoir la jeune maman. À quel moment perd-on cette innocence, cette vérité ? Combien de temps avant que cette tendre complicité ne leur échappe ?

Il est heureux. Il aime sa nouvelle école, sa nouvelle classe. Alors, il parle, il parle, il parle. Comment peut-il s'être adapté aussi vite ? Elle se faisait tant d'inquiétudes et son petit héros les a balayées dans un éclat de rire. Lola est si fière de lui.

Lorsqu'ils sont tous les deux, dans ce Paris immense, main dans la main, tout lui paraît réalisable, rien n'est impossible. Dans les monologues de Léon, elle entend le futur qui chante, elle espère l'homme qu'il pourrait devenir.

— Ah, il me tarde tellement d'être à Halloween, claironne le petit garçon en traversant au passage clouté. Avec mon costume de vampire, je vais être terrible, je crois ! J'espère que Chloé n'aura pas trop peur, elle est un peu froussarde, la pauvre. Halloween, c'est chouette ! J'aime bien la pétoche, en fait. Quand c'est pour de rire, bien sûr ! Ça sent le frisson !

Il s'arrête sur le trottoir pour reprendre son souffle et continue sa tirade de plus belle.

— Ça sent le frisson, oui, Halloween. Enfin, quand je dis « ça sent », pas l'odeur, hein, Maman. Et puis, c'est vrai qu'il y en a plein de frissons, tu sais. Y a le frisson de froid, le frisson de peur, et même le frisson de joie ! C'est mon préféré, celui-là !

— Moi aussi, mon trésor, je crois que c'est mon frisson préféré… Mais on a le temps avant la fin du mois d'octobre. Il va te falloir être encore patient !

Elle a les yeux un peu mouillés devant les mots de son fils, comme souvent. Elle change vite de sujet pour qu'il ne remarque pas son trouble. Elle a l'impression d'être sur un fil en permanence. Entre rire et larmes. À fleur de peau.

— Ce soir, c'est Tata Clarisse qui vient te chercher. N'oublie pas. Tu feras les devoirs avec elle et nous dînerons tous les trois. J'essaierai de me dépêcher.

— Tu vas où, Maman ? Tu vas voir Papa ?

Cette note d'espoir dans la voix de Léon. Sur ce terrain-là, il n'a pas cessé d'y croire. Comme si la situation allait bien finir par changer.

— Non, bonhomme, je ne vais pas voir Papa. Mais tu pourras l'appeler, si tu veux.

Le regard de Léon s'assombrit une seconde, puis il repart dans ses élucubrations, comme on se saoule de paroles, pour ne pas avoir à dire ce qu'on a vraiment sur le cœur.

Mon Dieu, son tout-petit est devenu un grand garçon.

7

Un, deux, trois, soleil

Paris, mardi 10 septembre 2019

Autre jour, même soleil. Même terrasse de café. Paul-Henry aime à s'emmitoufler de petites habitudes.

Chaque matin, après un détour par le parc Georges-Brassens, il s'en va prendre son petit déjeuner dans ce café, à quelques mètres de la résidence.

Il s'assoit, toujours à la même place, et la serveuse vient, avec un sourire de connivence, lui déposer son café crème, un pain au chocolat et le journal. Paul-Henry prend des nouvelles du monde ainsi, chaque jour, comme il picore sa viennoiserie.

Paris est une ville magique à ses yeux. Une fourmilière. Chacun vaque à son petit destin dans cette multitude de pas pressés. Toujours ces gens qui passent, qui courent pour rattraper le temps ou autre chose d'encore plus futile. Paul-Henry, lui, savoure sa chance. Il n'a plus besoin de courir. Il n'a pas besoin de se hâter.

Il peut, à loisir, observer ces autres qui s'empressent de vivre.

Il aime ce rythme, lié à ce fameux troisième âge de la vie. Il aime ces journées paisibles écoulées à ne rien faire vraiment mais vécues pourtant intensément. Il aime ces heures emplies de *peut-être*. Tout un champ de possibles. Une mer d'impossible. Tout dépend de quel pied il s'est levé le matin.

Peut-être va-t-il aller se faire une expo, au musée d'Orsay ou au Louvre, histoire de s'émerveiller de ces touristes enthousiastes qui se pâment devant chaque pavé parisien, devant chaque nom de rue.

Peut-être va-t-il prendre le métro et se laisser porter au rythme de ses usagers plus ou moins pressés d'arriver quelque part, s'imaginant leurs vies, leurs destinations. Il tombera alors, comme souvent, au détour des couloirs souterrains sur un chanteur qu'il écoutera jusqu'à en oublier l'heure. Paul-Henry est en admiration devant ces artistes de l'impossible qui s'en viennent égayer le gris en chantant à tue-tête alors que personne ne les écoute. Il se poste alors aux premières loges et les écoute, les entend vraiment, son éternel sourire aux lèvres.

Peut-être va-t-il lire toute la journée à l'ombre de son appartement et en oublier les heures, pris par les aventures des héros du jour.

Peut-être va-t-il être un peu triste.

Peut-être va-t-il rire.

Sa seule certitude sera celle de se sentir vivant.

Paul-Henry est un observateur, un hédoniste des choses simples. Un contemplatif de ses contemporains.

Pour lui, comme il aime à se le répéter souvent, la vie est un poème.

Si on regarde bien autour de soi, il y a tant de beauté dans trois fois rien.

Un regard qui flanche. Le crépuscule. Le rire d'un enfant entendu par la fenêtre et aussitôt envolé. La seconde troublante où l'on perçoit la vérité d'un être. Le rire d'un ami. Les quais de gare vides, leurs promesses de retrouvailles. La dernière note d'une vraie chanson d'amour. Les derniers rendez-vous. Les premiers aussi. Les promesses que l'on se fait à soi-même, celles qu'on ne tient jamais. Le sourire de parfaits inconnus. Les souvenirs. Les larmes, d'où qu'elles viennent. Une table de bistrot dont les occupants viennent de partir à l'instant. La vie sur la planète Mars. Les clichés sentimentaux à l'eau de rose dans les romans. Cet ami qui nous dit *À bientôt*. Les silences. Les lendemains. Les verres. À moitié pleins.

Paul-Henry sirote le fond de son café et profite encore quelques instants du soleil sur sa joue. Il pleuvra peut-être demain, et mieux vaut savourer. Il jette un regard au-dessus de sa tête et s'émerveille d'apercevoir un nuage en forme de cœur au milieu du ciel bleu. C'est un signe. La journée est belle.

Il farfouille dans son portefeuille et dépose, comme à l'accoutumée, un généreux pourboire sur la table. Ce geste, mille fois répété, lui fait apercevoir cette main parcheminée qu'est la sienne et, encore une fois, il s'en étonne.

Comment peut-on autant changer à l'extérieur et rester le même pourtant en dedans ?

Il entend toujours fanfaronner à l'intérieur le jeune homme qu'il était il y a des décennies de ça. Vieillir ne l'attriste pas, c'est juste le temps perdu qui le rend parfois nostalgique. Il ne craint pas l'âge, ses peurs sont ailleurs.

Ce qui l'inquiète ?

Les mensonges. Les trop belles paroles prononcées trop vite. La tiédeur. Les blessures qu'irrémédiablement on inflige à ceux qu'on aime. La possibilité de décevoir. *Je t'aime*. Les larmes intarissables d'un enfant. Le cynisme ambiant de l'époque. La méchanceté gratuite. Les serpents.

Pourquoi pense-t-il à tout ça ?

Paul-Henry quitte le café et remonte la rue qui s'anime de plus en plus. C'est l'heure de pointe. L'heure où la plupart des Parisiens se rendent au boulot, la mine un peu chiffonnée de ne pas avoir assez dormi.

Il remonte la rue et distribue des sourires. Même si la plupart des gens ne remarquent même pas ce vieil olibrius qui sourit de toutes ses dents, pour un seul regard bienveillant échangé, la partie est bel et bien gagnée.

De l'autre côté du trottoir, il aperçoit Lola et son fils qui discutent joyeusement, main dans la main. Il ne veut pas les interrompre et passe la grille de la résidence.

Il a tenté samedi dernier de rendre visite à la jeune femme. Elle n'a pas répondu. Une prochaine fois. Chaque chose en son temps. Elle ne va pas s'envoler. Il aura tout le loisir de la rencontrer. De l'apprivoiser peut-être. De lui raconter tout ce qu'elle doit savoir.

Paul-Henry regagne son grand appartement au rez-de-chaussée, sans croiser Martine. Leurs portes sont voisines mais les choses, entre eux, s'arrêtent là. Il n'aime pas se l'avouer mais c'est un soulagement. Le rictus de mépris qu'elle affiche en sa présence et sa façon de le rendre transparent le rendent toujours aussi malheureux. À chaque fois qu'ils se croisent, il se sent juste médiocre.

Pour l'heure, une fois le seuil franchi, il n'a pas envie d'être triste.

Paul-Henry doit s'occuper de son blog. Il doit rédiger des petites chroniques de ses dernières lectures, et surtout prendre des photos. Quelle belle invention qu'Internet. Il peut virtuellement échanger sur les romans qu'il aime tant, en toute simplicité.

Simplement oui, mais sérieusement. Paul-Henry a énormément de respect pour ceux qui osent écrire des livres. Il s'en sait incapable, n'en a pas envie de toute manière. Mais il aime rendre honneur à ceux qui passent leurs journées à tisser des histoires que d'autres liront.

Sur son ordinateur, dès qu'il termine la lecture d'un ouvrage, il rédige alors en quelques mots ses impressions, ses ressentis. Toujours respectueux. Toujours bienveillant, même si parfois le roman en question ne l'a pas transporté autant qu'il aurait voulu. Mais tout est question de goût et il ne se sent pas l'âme d'un dénigreur de talents. Il ne peut s'empêcher de se dire qu'il est probable que l'auteur puisse tomber sur une critique, et Paul-Henry ne se sent pas légitime pour lui infliger ne serait-ce qu'une infime blessure d'ego.

Lorsqu'il n'aime vraiment pas un ouvrage, il préfère ne pas en parler. Il y a trop de belle littérature pour perdre du temps à descendre en flèche celle qui ne l'a pas touché.

Le vieux monsieur chronique sur son blog et les réseaux en dilettante, pour la beauté du geste et la passion, tout simplement.

Depuis qu'il a découvert Instagram et ses milliers de chroniques, il passe des heures à faire défiler les mots des autres, leurs photographies. Il pioche des idées de lecture, il se fait des listes interminables qu'il n'aura sûrement jamais le temps de parcourir, il jalouse des éditions sublimes de certains classiques.

Il a même appris une sorte de dialecte propre à ces fous de lire. Une P.A.L. est une Pile À Lire. Une M.E. une maison d'édition. La communauté de lecteurs sur Instagram se retrouve *via* des hashtags : #bookstagram #lecture #Instabook #livrestagram

Paul-Henry a mis du temps pour en comprendre les codes, les arcanes. Il a étudié sur les comptes de ces personnes qui possèdent des communautés immenses. Et il a fini par se lancer.

Paul_en_lit. C'est le pseudo qu'il s'est choisi.

Dans la courte description qu'on peut écrire pour présenter sa page, il a juste laissé ces mots : *La vie est un poème.*

Depuis qu'il a osé se lancer, il poste avec régularité une ou deux chroniques par semaine, parfois trois lorsqu'il est en jambes. La spécificité de rédiger ainsi sur Instagram, c'est qu'il n'a que deux mille deux cents caractères pour tout dire, sans rien dévoiler. Il ne faut pas *spoiler* le roman mais donner envie aux autres de le lire en partageant son enthousiasme.

Le vieil homme apprécie particulièrement cet exercice de style. Il s'agit parfois d'un véritable casse-tête pour arriver à faire tenir, en quelques paragraphes, tout ce qu'il a à dire.

Évidemment, il ne se montre pas.

Il prend les ouvrages en photo, essaie de les mettre en scène, sans jamais apparaître. Il a conscience d'être trop vieux pour se prêter au jeu. Ou peut-être, pour être vraiment honnête, il apprécie l'idée que seuls les livres comptent. Peu importe qui se cache derrière le pseudonyme.

Paul-Henry jette un coup d'œil à son compte et ne peut s'empêcher de ressentir une petite fierté mal placée : il a deux nouveaux abonnés depuis hier. Soit un total de deux cent trois personnes qui suivent la page *Paul_en_lit*.

Il sait que ça ne devrait pas avoir d'importance, et pourtant il éprouve une bouffée de plaisir. Deux inconnus se sont baladés sur les réseaux, sont tombés sur sa page et ont eu envie d'y revenir suffisamment pour s'abonner.

Ce n'est rien. Et c'est immense.

Ce matin, la journée est belle, le soleil brille et Paul-Henry a deux cent trois abonnés.

Deux personnes de plus pour habiller sa solitude. Ce n'est pas rien.

8

Sept familles

Paris, jeudi 12 septembre 2019

— Dans la famille *Tuyau de poêle*, je voudrais… la mère ?

Léon, sur l'écran de Lola, est concentré. Il tire la langue tout en réfléchissant. Petit bout d'homme qui semble jouer sa vie à cet instant précis.

— Pioche !

Le petit garçon pousse un soupir d'exaspération. Il était tellement sûr de son coup qu'il ne peut s'empêcher d'en vouloir à sa mère.

— C'est nul à deux, de toute façon, les sept familles ! Et puis, ça existe pas, les familles *Tuyau de poêle* ! Et la famille *Sois belle et tais-toi*, non plus ! C'est nul ! Nul, nul, nul !

— Léon ! Ne commence pas ! Je t'ai déjà expliqué qu'on ne peut pas gagner à tous les coups ! Tu es vraiment un mauvais joueur ! Tu sais que je ne suis pas d'accord avec les colères de ce genre ! Ce n'est qu'un jeu, mon poussin !

Lola tente de faire diversion car elle connaît bien son fils. Elle sait que le problème ne vient pas du jeu. Elle ne connaît que trop bien la raison de son chagrin, puisqu'elle en est la cause.

Une grosse larme coule des yeux du petit garçon, comme un orage qui éclate enfin après avoir menacé trop longtemps. Une larme comme un couteau dans le cœur de sa maman. Pourtant, elle ne montre rien, elle prend une voix compréhensive, elle se veut apaisante. Impossible de le prendre dans ses bras à travers l'écran.

Si elle n'arrive pas à gérer la crise, elle sait que ça va finir en tempête. Elle entend déjà les hurlements et les jérémiades à venir, et pour elle, une migraine carabinée. Elle ne se sent pas prête à affronter ce soir les caprices de son petit garçon, aussi justifiés soient-ils. Elle ne se sent pas de faire face à la culpabilité qui chaque jour lui revient en pleine face, de plus en plus forte.

— Léon, fait-elle en haussant la voix. Léon ? Tu m'écoutes ?

Le petit bonhomme est maintenant en larmes, les lunettes en équilibre précaire sur le bout du nez qu'il a rouge écarlate, comme une écrevisse.

— C'est pas juste, sanglote-t-il de frustration.

— C'est le jeu, mon Léon. C'est pas grave, tu sais. Il ne faut pas te mettre dans des états pareils, mon grand. On joue pour s'amuser, on s'en moque de gagner ou de perdre…

Léon renifle bruyamment, s'essuie le nez avec la manche de son sweat à l'effigie de Captain America, puis regarde sa maman. Il commence, peu à peu, à se calmer. L'orage s'éloigne, et pourtant le cœur de maman de Lola ne peut s'empêcher d'être transpercé.

Son petit homme au cœur brisé reprend d'une toute petite voix :

— Mais, pourtant, Papa, il dit qu'on est des gagnants, des ouineurs, il dit ! On est des mecs, nous. On est des ouineurs, il dit, Papa.

— *Winner*, c'est de l'anglais, mon petit cœur. Papa…

Le petit garçon fait volte-face, accaparé par une voix que Lola distingue mal.

— Il m'appelle, Maman ! Je dois aller manger ! Et puis, c'est trop compliqué de jouer comme ça, quand t'es pas là. Je te fais mille millions de bisous ! À demain, Mamounette…

Aussitôt dit, aussitôt disparu. Reste en fond d'écran sa photo, prise un matin de Noël. Un matin d'avant que tout parte en lambeaux.

Elle éteint son téléphone et éclate à son tour en sanglots. Encore une fois.

Elle n'est pas prête à être mère à mi-temps. Elle ne supporte pas cette façon de découper son enfant en tranches.

Son fils lui manque tellement.

Sa vie tout entière lui manque tellement…

Si elle jette un regard par-dessus son épaule et qu'elle remonte ne serait-ce que six mois en arrière, Lola a le sentiment qu'une tempête s'est abattue sur sa paisible existence.

Il y a six mois, elle ne savait pas qu'elle en serait là aujourd'hui.

Avec Baptiste, tout n'était pas rose, évidemment. Qui peut se targuer de vivre une vie de couple complètement épanouie ? Elle ne flottait pas dans la béatitude conjugale, mais sa vie ne lui déplaisait pas.

Il travaillait beaucoup. Elle aurait dû voir les fameux signes qui, bien souvent, chez les autres, nous sautent aux yeux, et qui, au sein de notre propre routine, nous paraissent pourtant tellement anodins.

Il rentrait souvent tard, fatigué. Il s'agaçait pour un rien. Même Léon et ses facéties n'arrivaient pas à lui tirer un sourire. Il était comme hermétique à son propre foyer.

Lola avait mis ça sur le compte du stress, de son envie de monter les échelons, d'offrir à sa famille un avenir sans nuages. Elle faisait alors tout pour qu'il ne soit pas parasité par les contingences du quotidien.

Elle s'arrangeait pour gérer à elle seule le planning de leur fils, sans solliciter son mari, et prenait un réel plaisir à courir partout. Elle se sentait efficace. Elle avait l'impression de faire tourner la boutique. Elle était convaincue d'être une bonne mère, une bonne épouse. Bien sûr, elle aurait aimé, parfois, que son cher et tendre se rende compte des trésors d'ingéniosité qu'elle déployait pour mener la barque. Puis elle se traitait intérieurement d'égoïste. Le pauvre avait bien d'autres chats à fouetter, et elle n'allait pas lui prendre la tête avec des cours de natation ou une réunion de parents d'élèves interminable.

Dans certains moments de découragement, où elle

se sentait un peu surmenée, elle ne pouvait s'empêcher de penser à sa mère et Maxou. Pourquoi, chez eux, tout paraissait-il si évident ? Était-ce son regard d'enfant ou la réalité qui lui offrait une image de symbiose totale entre les deux ?

Du plus loin qu'elle s'en souvienne, ils ont fonctionné comme un binôme. Elle ne les voyait pas l'un sans l'autre, acteurs de toutes les décisions familiales. Comme une piqûre de rappel du fonctionnement d'un couple aimant.

Baptiste n'était pas le mari parfait, certes, mais Lola savait que cela ne durerait qu'un temps, et qu'un jour ils se prendraient par la main et regarderaient avec tendresse le chemin parcouru. Elle se plaisait à les imaginer tous deux, à la retraite, dans une maison du sud de la France, à l'abri du besoin, Léon devenu président de la République ou chirurgien, voire savant fou, pourquoi pas ?

Pourtant, tout avait volé en éclats.

Un simple message. Un texto, trois lignes.

Lorsqu'elle avait vu clignoter la petite enveloppe sur l'écran de son téléphone, elle s'était étonnée de recevoir encore un SMS de son mari. Il venait justement de lui écrire, il y a quelques minutes, pour la prévenir qu'il rentrerait tard.

Elle avait appuyé, machinalement, sur l'écran tactile.

Elle ne sera pas là ce week-end ! On va pouvoir passer une nuit entière ensemble, mon amour ! Elle part avec le petit pour le mariage de Benjamin.

Les mots comme des flashs dans sa tête. Les mots

comme des balles à bout portant. Une mauvaise blague qui était en train de se jouer à ses dépens.

Elle.

C'était elle la fameuse femme, donc. La légitime, l'encombrante épouse.

Ce week-end.

Lola était invitée au mariage d'un ami d'enfance, en région toulousaine. Benjamin épousait Lucas, qu'il avait rencontré quelques mois plus tôt. Lola se faisait une joie de ce week-end champêtre. Les deux hommes vivaient dans une ferme, apparemment, ça promettait d'être une journée magique.

Mon amour.

Baptiste ne l'avait jamais appelée ainsi. Jamais. Même aux premiers temps de leur histoire, elle n'avait jamais eu droit aux jolis petits noms affectueux. Il n'était pas doué pour ce genre de choses. Cartésien, le Baptiste, pas vraiment démonstratif. Du moins, pas avec elle, apparemment.

Lola était assise à son bureau, les yeux braqués sur ce message. Peut-être qu'il allait finir par disparaître, et avec lui toutes les images qui étaient en train d'inonder son cerveau en ébullition.

Vue de l'extérieur, elle devait juste être un peu pâle, alors qu'elle avait l'impression qu'elle venait d'exploser et que des morceaux entiers d'elle-même jonchaient l'open space où personne ne se rendait compte du tsunami qui venait de la dévaster tout entière.

Au bout de quelques secondes, autant dire une vertigineuse éternité, elle s'était levée, s'était pris les pieds dans sa chaise, et s'était dirigée vers les WC. Elle tenait encore, du bout des doigts, l'objet du délit, ce foutu téléphone, comme radioactif.

Lola était entrée dans un des cabinets de toilettes, avait fermé le loquet et s'était assise comme on s'écroule sur la cuvette.

Le maudit appareil avait choisi cet instant pour se mettre à vibrer avec insistance.

C'était lui.

Il tentait de la joindre. Il s'était rendu compte de sa bévue.

Elle n'avait pas répondu. Elle en était tout simplement incapable.

Le téléphone vibrait, posé sur ses cuisses, pendant qu'elle sombrait en elle-même.

Elle réagissait physiquement à la nouvelle de la trahison de son mari. Elle se sentait propulsée à l'intérieur d'un vaudeville qu'elle aurait trouvé ridicule à la télévision.

Le téléphone vibrait, tremblait, à l'unisson avec tout son corps.

L'icône signalant un message sur le répondeur, puis deux, ne cessait de clignoter sur l'écran.

Vous avez un nouveau message.

Non, elle n'avait pas besoin d'un nouveau message. Le premier était suffisamment clair. Elle n'était pas complètement idiote.

Les messages s'accumulaient en même temps qu'elle se vidait d'elle-même.

Elle était restée là, prostrée, jusqu'à ce qu'une collègue, inquiète de ne pas la voir revenir, vienne tambouriner à la porte pour la ramener vers sa terrible réalité.

Dans un état second, elle avait jeté le téléphone dans les toilettes, rabaissé la cuvette et tiré la chasse comme dernier acte de bravoure dans ce combat qu'elle venait de perdre par KO.

9

Martine au zoo

Paris, dimanche 15 septembre 2019

Le dimanche, Martine se rend au marché, rue de la Convention.

Il a lieu trois fois par semaine, mais le mardi et le jeudi elle ne peut s'y rendre puisqu'elle doit surveiller le magasin. Alors, pour elle, le dimanche est jour de marché. Du moins le matin.

Lorsqu'elle franchit le portail principal, elle retrouve la rue et ses insupportables turpitudes.

Les trottinettes sur les trottoirs lui donnent des envies de meurtre. Comment peut-on laisser faire ça ? Les piétons ne sont plus tranquilles. À tout moment, on peut se faire renverser par ces bolides électriques dirigés par des bobos inconscients ou des gamins malpolis.

Qu'est-ce qu'elles l'agacent, ces familles endimanchées qui, par deux, par trois, voire encore plus, roulent en file indienne, toutes fières d'être à la page.

Le dimanche matin, lors de son excursion pour s'acheter des légumes et s'offrir sa pâtisserie hebdomadaire, Martine Pichon se déguise et se joue de tous les cons qu'elle croise. Elle se colle un fichu sur la tête, qu'elle noue au-dessous du menton, prend une canne dont elle n'a nul besoin et joue à la vieille dame.

Son jeu favori : traverser aux passages cloutés.

Elle s'engage dès qu'elle entrevoit une voiture au loin et, à pas de fourmi, le dos courbé, elle passe cinq bonnes minutes à atteindre l'autre côté de la rue. Du coin de l'œil, elle observe le chauffeur qui s'impatiente, et jubile à l'intérieur. Cahin-caha, elle pousse le supplice à son paroxysme en s'arrêtant parfois au beau milieu des bandes blanches, comme désorientée.

Quelquefois, un visage sort de la vitre du côté conducteur pour lui demander si elle va bien. Martine ne répond pas et continue à dodeliner de la tête comme si elle hésitait entre avancer ou faire demi-tour.

Le dimanche, elle peut faire ça deux ou trois fois, à différents points stratégiques du quartier où, lorsqu'elle se débrouille bien, elle peut même créer de jolis embouteillages. Lorsqu'elle se retrouve au milieu de la rue, entourée par la cacophonie des klaxons qui en prime réveilleront quelques habitants du quartier, elle a l'impression d'exister. Comme si elle tenait un rôle, aussi perfide soit-il, dans la ronde du monde.

Oui, le dimanche matin, Martine s'amuse beaucoup. Mais rien ne vaut l'après-midi.

Une fois par semaine, elle a rendez-vous avec celle qu'elle considère comme sa meilleure amie.

Le samedi soir, elle a du mal à s'endormir car elle

sait que la journée à venir sera différente. Elle se tourne et se retourne dans ses draps, jouant dans sa tête le film de retrouvailles qu'elle attend à chaque fois avec une folle impatience.

Lorsque l'aube pointe enfin à travers les volets, elle se lève, toute légère à l'idée de retrouver sa confidente. Elle se prépare avec minutie une fois rentrée du marché et savoure chaque minute qui précède les retrouvailles. À treize heures trente, elle prend la ligne douze à Convention et change à Sèvres-Babylone pour prendre la dix jusqu'à la gare d'Austerlitz.

Elle sort ensuite au grand jour pour son rendez-vous hebdomadaire.

Cette émotion qui monte à chaque fois qu'elle approche, d'un pas de plus en plus précipité, ne lui a jamais fait défaut. Le plaisir qui l'envahit et lui rosit les joues, qu'il pleuve ou qu'il vente, alors que Martine s'approche de son amie de toujours, rien ne pourra jamais le lui enlever.

Elle traverse le Jardin des plantes, sans jeter un regard aux flamants roses, taches colorées dans sa vision périphérique. Elle trace, malgré sa hanche défaillante, au milieu de tous ces animaux qu'elle ne voit même pas.

Certains employés la saluent poliment. Parfois, elle répond d'un léger hochement de tête, mais la plupart du temps elle ne fait qu'entrevoir ces bonjours qu'elle ne rend pas. Non pas par impolitesse, juste car elle est tout entière tournée vers l'entrevue qui arrive.

Nénette.

Sa Nénette.

Elle a cinquante ans depuis quelques mois. C'est une vieille dame, elle aussi.

Nénette est un orang-outan. Un singe, pour faire simple.

Une fois par semaine, donc, Martine se poste face à la paroi de plexiglas qui enferme le vieux singe et ses congénères, et à chaque fois la magie est renouvelée.

La vieille dame aime à s'imaginer que Nénette la reconnaît. Elle aime la voir là, immuable, avec ce regard où brillent à la fois intelligence et facétie. Ses yeux qui semblent la connaître. Qui semblent lui dire : « Je suis là, je sais, je comprends. Moi aussi, je suis enfermée. »

Nénette vit au Jardin des plantes depuis quarante-sept ans. Une vie entière. Elle est comme la reine des lieux. Elle est ici depuis plus longtemps que n'importe quel employé. Que la plupart des visiteurs.

Martine se sent proche de l'animal. Elles ont en commun d'être là, au même endroit, depuis des décennies, sans l'avoir réellement choisi. Elles sont toutes les deux de vieilles toupies, même si Martine, heureusement, n'a pas atteint le seuil de pilosité de sa comparse. Elles sont toutes les deux enfermées dans une existence relativement confortable, à l'abri du danger ; et pourtant, elles souffrent, chacune à sa manière, dans ces cages dorées.

— Si tu savais, ma Nénette… Le monde ne tourne vraiment pas rond, tu sais. Tu fais bien de rester là avec ta peinture et tes chiffons.

Nénette est une artiste. Une vraie. Pas comme l'autre con de Paul-Henry qui n'a jamais publié un livre en quarante ans. Nénette, elle, a une production impressionnante à son actif. Des œuvres originales.

Un des gardiens a même offert un de ses dessins à Martine. Il orne, depuis, le salon de son petit appartement. Un chef-d'œuvre. Qui ne la quittera jamais.

Chaque semaine, Martine fait le point avec sa vieille amie. Elle se confie. Comme elle ne le ferait jamais à une autre personne. Elle lui raconte son quotidien de trois fois rien. Comme d'autres vont à confesse, Martine, elle, se rend au Jardin des plantes. Même si, la plupart du temps, Nénette n'est même pas à portée de vue. Martine sait qu'elle est là, qu'elle l'écoute. Elle n'a pas besoin de plus.

Nénette est la gardienne de ses secrets, et on peut lui faire confiance. Jamais elle ne la trahirait.

— Ah, ma Nénette. Il y a encore une nouvelle dans l'immeuble. Ça n'arrête pas. Tu es bien, là, va. Personne pour t'emmerder. Pas qu'on m'embête beaucoup, je ne parle à personne, tu le sais bien. Ou alors, si je parle, c'est pour me défendre ! J'ai la langue bien affûtée et je sais m'en servir, chacun ses talents ! Je ne suis pas méchante, tu le sais bien, toi.

Martine pousse un soupir qui vient du plus profond de son être, du plus loin de cette tristesse qui l'habite en permanence.

— Je ne suis pas méchante, tu sais, je suis juste déçue.

10

Boîte à musique

Paris, vendredi 20 septembre 2019

Lorsque Clarisse sonne à l'interphone, Lola est en train de se nourrir de pâtes crues.

Elle s'est lamentablement vautrée sur le canapé du salon, le paquet de coquillettes entre les mains, et les avale comme du pop-corn devant une téléréalité inepte.

Elle contemple sans les voir un type bodybuildé, bronzage parfait et dents blanches presque surnaturelles, qui déclare sa flamme à une nana dont le postérieur semble défier les lois de la gravité, en ponctuant chacune de ses phrases par un «frère» tonitruant. Lola est en train de se demander comment la nana à l'écran peut avoir un fessier aussi disproportionné et faire une taille 36 en même temps. Et surtout, comment peut-elle réellement s'appeler Chamina ?

«Mais frère, je t'aime, Chamina. C'est ça que tu comprends pas. Et je n'ai couché avec ta sœur que parce qu'elle me faisait pitié, frère…»

Et c'est au moment où Chamina est en train de rouler une grosse galoche à Matou, le frère jumeau de son ex, que l'interphone vient briser la poésie de ce grand instant télévisuel.

Clarisse ne prévient jamais lorsqu'elle débarque. Pas de coup de fil, pas de SMS. Non, elle connaît trop bien sa demi-sœur, qui aurait tout fait pour se trouver une excuse pour ne pas être disponible. Ou qui ne se serait même pas donné la peine de répondre.

Elle a alors pris pour habitude d'investir les lieux, quitte à rester plantée une heure accrochée à l'interphone.

Le portable de Lola vibre.

Un message.

Je sais que tu es là. Je vois la lumière chez toi. Ouvre ou je hurle !

Zut, zut, et zut ! Lola ne pourra pas échapper à la tornade Clarisse.

Elle se traîne vers l'interphone, résignée, et appuie sur le bouton pour ouvrir.

Trois minutes plus tard, Clarisse est devant sa porte, apprêtée comme si elle se rendait à un cocktail. Dans la mesure où on peut se présenter à une garden-party vêtue comme un arc-en-ciel ! À peine a-t-elle franchi le seuil de l'appartement qu'elle est déjà en train d'ouvrir en grand les fenêtres, en riant aux éclats.

— Allez, allez, on aère un peu ! Il y a comme un relent de vieille fille négligée ici !

Lola, vaincue d'avance, regarde la jeune femme s'agiter en tous sens, comme possédée. Elle a regagné le réconfort provisoire du canapé, mais elle sait bien que sa folle furieuse de sœur va très rapidement l'en déloger.

— Ah ! Je vois qu'on est sur un festin trois étoiles ce soir, rit-elle en attrapant le sachet de pâtes. Il était temps que j'arrive, Lola !

Clarisse jette un regard agacé vers le téléviseur qu'elle s'empresse d'éteindre en envoyant valser la télécommande à travers le salon. Lola reste assise, piteuse. Et bizarrement un peu déçue de ne pas savoir si Chamina va finir par épouser Matou.

— Je viens te kidnapper, ma vieille ! C'est pas parce que Léon est chez son père qu'il faut que tu entres en hibernation pendant une semaine entière ! Les week-ends, c'est aussi fait pour les mères qui pourrissent dans leur jus ! On va se la couler douce ce soir, et on va un peu profiter de ta liberté retrouvée !

Lola blêmit aux propos de sa sœur. Elle ne se sent pas du tout prête pour une soirée de débauche telle que l'entend Clarisse ! Elle ne sait que trop bien jusqu'où la bourrasque est capable d'aller.

— Bon, y a du boulot, là ! Tu ne peux décemment pas sortir comme ça ! Je veux bien que tu habites le coin le moins animé de la capitale, mais on ne t'a pas encore collée en maison de retraite, que je sache !

Clarisse aime beaucoup critiquer le quinzième arrondissement de Paris. Pour elle, il s'agit d'une terre éloignée, un no man's land, *un Paris au mois d'août* où il ne se passe jamais rien.

— Tu es venue rehausser la moyenne d'âge du quartier qui passe à quatre-vingts ans, si on compte Léon dans l'équation, bien sûr !

Clarisse entraîne sa sœur dans la salle de bains et lui colle d'autorité une brosse à cheveux entre les mains.

— Essaie de faire quelque chose avec ta gouffa, je m'occupe de te trouver une tenue décente. Enfin, pas trop, on va être coquines, ce soir, sister !

Elle est déjà repartie vers la chambre, Lola l'entend farfouiller dans l'armoire, puis Clarisse revient avec une combinaison rouge pétard que Lola n'a encore jamais mise. C'est lors d'une virée shopping que Clarisse l'a quasi forcée à acquérir cette tenue un peu voyante et pas du tout son style.

Lola capitule.

Au bout de vingt minutes d'acharnement, elle se regarde dans le miroir et a l'impression de faire face à une péripatéticienne prête à partir bosser. Au moins, on ne pourra pas la perdre : elle ressemble à un phare dans la nuit. Ça lui rappelle immédiatement ce sketch, « le lampadaire, c'était moi ». Les Inconnus. Son rouge à lèvres tonitruant ne peut laisser aucun doute sur le message qu'elle souhaite envoyer : « Suivez-moi, jeune homme ! »

Elle se rappelle alors ce que dit sa mère sur cette façon de se farder la bouche.

« Méfie-toi des nanas qui abusent du rouge à lèvres, ma pépette ! Elles maquillent trop leur bouche pour dissimuler la laideur de ce qui en sort… »

À bien y réfléchir, cette analyse un peu rapide s'est souvent vérifiée dans le quotidien de Lola. La nouvelle dulcinée de Baptiste, par exemple, pour ne citer qu'elle, aime à se coller le bâton entier de rouge sur les lèvres, apparemment. Du peu entrevu la semaine dernière lorsque Baptiste est passé récupérer Léon, elle a tout l'air d'une artiste de cirque peinturlurée juste comme il faut. Et voilà que Lola fait de même, fardée comme un clown.

Elle tente d'émettre une objection en sortant de la salle de bains, mais Clarisse est déjà en train de lui coller un blouson sur les épaules et de l'entraîner vers la sortie.

— En route, ma vieille ! On va se faire un tour du monde des cocktails ce soir ! Je tiens à fêter dignement ta sortie du couvent !

Quelques arrêts de métro plus tard, elles sont attablées dans un café bondé non loin de Bastille. Lola a du mal à se sentir à sa place. Lorsqu'elle regarde autour d'elle, elle ne voit que des gens heureux, souriants, et cela lui rappelle combien sa vie à elle semble être dans une impasse. Elle ne peut s'empêcher de jauger leur âge et s'étonne de ne pas voir que des gamins de vingt ans. Elle qui pensait qu'elle allait détonner, elle se rend compte que les trentenaires bien entamés ne se laissent pas aller à rester chez eux à faire du tricot ou à manger des pâtes crues devant Chamina et compagnie.

Clarisse explique alors à une Lola un peu perdue le programme de la soirée.

— On est clairement sur un bar de trentenaires, ici, c'est pas mal ! Après ça, on ira danser dans une petite boîte que je connais, *Le Bridget*.

— Bridget ? Pour Bridget Jones ?

— Exactement ! Je connais bien la patronne. Elle

s'appelle Brigitte, en fait, mais c'était pas fou pour un nom de bar. Bridget, ça sonnait mieux. Elle a ouvert l'établissement à la mort de son second mari. Fallait qu'elle s'occupe, la pauvre. Bref, tout ça pour dire que là-bas aussi, on est sur un public de notre âge. À moins que tu sois d'humeur cougar et je peux t'amener ailleurs ! Madame n'a qu'à décider, c'est votre soir !

Lorsque le serveur se poste devant leur table, Lola ne sait que demander. Cela fait une petite éternité qu'elle n'est pas sortie dans ce genre d'endroit. Elle n'est même pas sûre que les alcools qu'elle buvait à l'époque de ses vingt ans, il y a dix mille ans, existent encore.

Clarisse, évidemment, prend les devants sans demander l'avis de Lola, qui, pour le coup, se sent plutôt soulagée.

— Deux Moscow Mule. Enfin, quatre, autant prendre de l'avance ! Vu la tronche que tire ma sœur, il va falloir quelques verres pour la mettre en jambes ! Et ça vous évitera un aller-retour, même si je ne suis pas contre votre présence, loin de là, termine-t-elle avec un clin d'œil appuyé.

Le serveur sourit de toutes ses dents, mécaniquement, sûrement habitué à la drague des clientes éméchées, et s'en retourne vers le bar.

— Tu vas voir, c'est divin ! Et ce gingembre ! Ça pourrait te donner des idées, comme au bon vieux temps !

Peu à peu, Lola arrive à se dérider.

Clarisse a cette capacité de faire fondre les icebergs. Cette bonne humeur communicative, cette façon qu'elle a d'être juste elle-même, en se fichant éperdument du regard des autres. Cette façon innée de rire de tout, surtout d'elle-même…

Lola, plus légère qu'elle ne l'a jamais été ces derniers mois, raconte son nouveau quotidien à sa sœur et la visite de Paul-Henry, le blogueur dernière génération !

— Il faudra que tu me le présentes ! Je trouve ça cool, un vieux comme ça qui écrit sur un blog. Je pense m'y mettre, d'ailleurs. Influenceuse, c'est un métier d'avenir, crois-moi ! Faut juste que j'arrive à trouver le bon créneau… Mais les bouquins, c'est une idée, tiens, pourquoi pas ?

Durant la petite heure qu'elles passent ensemble dans le café, Clarisse ne cesse de flirter plus ou moins lourdement avec le pauvre serveur, qui finit par ne plus savoir où se mettre. Avant de quitter le bar, Clarisse réussit à lui glisser son numéro de téléphone, griffonné sur l'addition à côté de son prénom.

Enfin, d'un prénom. Clarisse ne donne jamais sa vraie identité à ses conquêtes.

Comme un défi, à chaque homme, elle devient quelqu'un d'autre. Par jeu, par habitude. Comme une superhéroïne. Une Batwoman en collants roses dont personne ne connaît le vrai visage derrière le masque.

Clarisse a décidé qu'elles allaient danser. Selon elle, c'est un remède universel.

— Il paraît qu'on peut rire de tout. Moi, j'irai même plus loin, on peut danser de tout. Je veux dire, on peut danser sur tout. Ça soulage de se trémousser, ça fait fuir le malheur de plus savoir où on se trouve ! On va danser, ma jolie, on va danser jusqu'à ce que tu ne saches plus comment tu t'appelles ! Tu vas voir ! Ce soir, on a rencard avec nos vingt ans !

Lola se laisse embarquer par l'optimisme inébranlable de sa sœur. Elle ne réfléchit plus vraiment et elle sent que ça lui fait du bien de ne pas trop penser, justement. Demain est un autre jour, alors dansons maintenant !

La nuit passe à une vitesse époustouflante. Les deux femmes, comme prévu, dansent comme si c'était la fin du monde et qu'au petit matin elles allaient devoir embarquer pour une planète inconnue. Lola se sent follement vivante. L'alcool, évidemment, n'est pas pour rien dans l'ardeur qu'elle met à suivre les chorégraphies les plus dingues que Clarisse enchaîne sans relâche.

Lola finit par la perdre de vue dans le tumulte ambiant, mais ça ne l'angoisse pas. Elle danse et elle s'oublie un peu.

Elle finit par la retrouver, accoudée au comptoir avec un homme qui semble la dévorer des yeux. Clarisse fait rapidement les présentations et le mec interroge alors Lola :

— Quel sacré numéro, ta copine... Ça fait longtemps que tu connais Pimprenelle ?

Après un nouveau verre, voilà Lola repartie sur la piste. Elle se sent superficielle, et fière de l'être. Pas coupable vis-à-vis de Léon. Elle est en train de se rendre compte qu'elle peut, peut-être, arriver à concilier plusieurs vies. Qu'elle peut être une fille, une femme, une maman, et qu'elles peuvent toutes ensemble arriver à se tenir par la main. Sans que le bateau chavire.

Comme dans la chanson, là. Toutes les femmes de sa vie, en elle réunies. Qu'est-ce qu'elles ont pu faire les dindes avec Clarisse sur ce tube. C'était hier, et pourtant, de l'eau a coulé sous les ponts.

C'est dingue comme le fait de se trémousser dans le noir, collée à des dizaines d'inconnus, peut donner de l'élan. Elle n'avait jamais aussi bien réussi à faire le point sur son existence qu'en cette nuit de folie. Comme une transe qui éveille l'esprit à force d'épuiser le corps.

Au bout de plusieurs chansons, Lola revient au bar, fatiguée mais euphorique. Elle a cette fois complètement perdu Clarisse de vue, mais peu importe.

Un beau blond, à la coiffure impeccable malgré l'heure avancée, vient s'asseoir à ses côtés.

— Bonsoir, je n'ai pas pu m'empêcher de vous observer sur la piste. On dirait que vous passez une bonne soirée ?

La phrase d'accroche ne casse pas trois pattes à un canard mais Lola est d'humeur légère. Elle sourit à l'inconnu et, dans un élan de spontanéité, lui demande son prénom.

— Jacques, je m'appelle Jacques. Et toi ?

Lola bredouille, tentant de reprendre l'astuce de Clarisse.

— Moi, c'est… Je m'appelle…

Bon, elle ne s'est pas préparée à s'inventer une fausse identité, et elle est juste en train de passer pour une nana amnésique qui ne se rappelle même plus son prénom. Face au ridicule de sa tentative, elle éclate de rire.

— Je m'appelle Lola, en fait. Enchantée, Jacques.

11

Jacques a dit

Paris, jeudi 26 septembre 2019

Sur la porte d'entrée du bâtiment A, quelqu'un a scotché maladroitement un mot griffonné à la hâte. On le voit de loin, anomalie dans la tranquillité quotidienne des habitants.

> *Bonjour,*
> *J'ai passé la soirée de hier chez une nana de l'immeuble qui s'appelle Lola et j'ai laissé les clefs de chez moi chez elle. Comme je peux pas rentré (pas le code), je laisse mes coordonnées afin qu'elle puisse me recontacter de toute urgence.*

En bas de la courte missive suit le numéro de téléphone d'un certain Jacques.

La première à tomber dessus, évidemment, est Martine Pichon.

Elle se rendait au magasin, comme chaque jour, et,

dès qu'elle sort de chez elle, son radar interne aperçoit immédiatement la feuille de papier incongrue sur la porte vitrée du bâtiment.

Quoi encore ?

Elle réajuste ses lunettes pour déchiffrer les pattes de mouche du fameux Jacques en question et n'en revient pas de ce qu'elle est en train de lire.

Non mais, quelle honte !

Martine comprend immédiatement à qui exactement est adressée la missive, et s'en étoufferait presque. Lola. Il n'y en a pas trente-six dans l'immeuble. Non, mais vraiment, quelle saleté !

Cette fille est un poison. Qui risque de s'étendre sur tous les habitants des lieux si on n'y prend pas garde.

En plus d'avoir la cuisse légère, car c'est bien de ça qu'il est question, la nouvelle habitante met la tranquillité des habitants en danger en faisant venir des psychopathes en puissance au sein de leur quartier tranquille. De potentiels détraqués qu'elle laisse aller et venir à deux pas de sa porte d'entrée.

Martine bouillonne de colère et d'indignation. Hélas, pour le moment, elle ne peut que ronger son frein, car elle sait que la coupable est absente. La matinée est entamée et elle est déjà partie travailler en tirant son bruyant gamin par la main. Ils sont toujours en retard, ces deux-là. Comme si elle ne pouvait pas mettre le réveil quinze minutes plus tôt…

Tant pis, Martine se promet de lui rendre visite le soir même et de lui expliquer deux-trois petites choses sur le vivre ensemble.

L'après-midi passe à une vitesse agaçante. Comme

d'habitude, pas un seul client pour lui rendre le temps moins long. Martine ne décolère pas et voit même, au fil des heures, grandir son énervement.

Pour tenter de passer le temps, elle s'abîme dans le vide intersidéral des méandres d'Internet sur son smartphone. Elle passe une heure, au hasard de ses recherches, sur un forum où un complotiste patenté expose en long, en large et en travers les véritables causes de l'incendie de Notre-Dame en avril dernier. Encore un coup des rouges, d'après lui.

Vers seize heures, une femme a l'outrecuidance d'entrer dans la boutique afin de lui demander si elle fait relais-colis. Sans répondre, car Martine Pichon ne tient pas à user sa salive pour des balivernes, elle montre du doigt la boutique en face. Ce n'est quand même pas compliqué. Est-ce qu'elle ressemble à un magasin de chaussures ?

À dix-neuf heures pétantes, elle plie boutique, traverse la route d'un pas déterminé et ne prend même pas le temps de passer chez elle. Le mot a disparu de la porte d'entrée. Restent quelques bouts de scotch qu'évidemment la pécheresse s'est abstenue de retirer.

L'ascenseur est utilisé par quelqu'un d'autre, et Martine ne peut plus attendre. Elle prend donc l'escalier sans réfléchir et arrive quelque peu essoufflée devant la porte de sa dépravée de voisine.

Elle sonne et patiente, bien droite, drapée dans sa dignité. Elle n'a pas à attendre bien longtemps pour qu'une sorte de hippie aux cheveux roses lui ouvre avec un grand sourire.

— Bonjour ?

Martine Pichon laisse passer un temps de surprise.

La femme qui se tient sur le seuil porte une sorte de djellaba jaune poussin qui jure atrocement avec la couleur criarde de sa chevelure. Rose, elle a les cheveux roses, avec des racines qui tirent sur le violet... Elle ressemble à un article qui traîne dans sa boutique, une sorte de gnome en plastique *made in China* qui faisait fureur dans les années quatre-vingt-dix. Un troll psychédélique.

Martine rassemble rapidement ses esprits.

— Je suis venue voir la... la *dame* qui habite ici, dit-elle après avoir hésité pour nommer sa voisine.

— Lola, vous voulez dire ? Elle n'est pas là ce soir, elle a d'autres chats à fouetter. C'est moi qui garde le monstre ! Quoique, je suis pas sympa, Léon est un amour, il sait s'occuper tout seul. Il est pas prise de tête, ce gosse !

— Je suis venue lui dire ma façon de penser, continue Martine, frustrée de ne pas pouvoir sortir la tirade qu'elle a répétée dans sa tête durant toute la journée.

La drôle de fille qui lui fait face ne semble pas vouloir s'arrêter de sourire. Appuyée nonchalamment au chambranle de la porte, elle donne l'impression d'attendre justement que Martine sorte ce qu'elle a sur le cœur. La vieille dame décide donc de ne pas se priver. Ça lui servira de répétition lorsqu'elle aura l'occasion de dire ses quatre vérités à la principale intéressée.

— Vous direz donc à votre *amie* que nous ne sommes pas dans une maison de passe ici. Elle ne peut pas débarquer et mettre en danger la vie des gens avec ses mœurs légères ! C'est inadmissible ! C'est une honte ! On ne peut pas laisser aller et venir n'importe qui à l'intérieur de la résidence ! J'espère au moins qu'elle ne donne pas le code des portillons à toute la gent masculine de Paris ?

Au fil de sa diatribe, Martine sent sa voix monter dans les hauteurs. La drôle de fille, loin d'être impressionnée, se paye même l'outrecuidance d'éclater de rire.

— Ah, mais vous parlez du petit mot doux de ce matin ! Il est pas resté longtemps pourtant, vous avez l'œil, petite madame ! Figurez-vous que mon amie, la dévergondée, là, est justement partie rendre les fameuses clefs à son propriétaire. Je vous rassure, vous ne devriez plus entendre parler de lui. Et je rejoins votre indignation bien légitime, hein, manquer autant de syntaxe en trois lignes, il y a de quoi s'insurger, je suis bien d'accord avec vous ! Il est beau gosse, remarquez. Parfois, on n'en demande pas plus ! Lola n'avait pas l'intention de jouer au Scrabble avec lui de toute façon…

Martine en suffoquerait presque. À aucun moment cette drôle de fille ne semble s'énerver, elle a l'air de beaucoup s'amuser de la situation. Son regard ne trompe pas, elle jubile.

La vieille dame tourne les talons et retourne dans son antre, face à la défaite évidente de cette confrontation. Mais ça ne va pas se passer comme ça ! Ah ça, non, elle ne va pas se laisser faire, et surtout pas par cette Lola !

Surtout pas par elle.

12

Les rois du silence

Paris, vendredi 4 octobre 2019

Lola danse.

Dans ce sous-sol, abrutie de musique et de monde, elle s'oublie.

Au milieu de ces noctambules qui sourient, qui se parent du déguisement facile de la nuit, elle danse. Clarisse ne joue plus les chaperons, ou alors très rarement. Lola préfère venir se perdre seule pour ne pas voir dans le regard franc de sa sœur toutes les questions qu'elle ne lui pose pas. Ces sorties nocturnes ne sont plus là pour qu'elle s'amuse. Déjà, le cœur n'y est plus.

Les nuits où Léon est chez son père, Lola ne sait pas rester dans l'appartement. Sans son fils, les lieux l'angoissent, lui rappellent qu'elle n'est pas chez elle. Comme si les murs allaient se refermer sur elle et l'engloutir tout entière. Dès que son fils s'en va, l'angoisse prend le dessus.

Quitte à sombrer dans l'insomnie, autant sortir de cette cage de solitude et danser, danser, danser.

Pour Lola, plus rien ne compte. Juste cette frénésie à mimer son mal-être, ici et maintenant. Là, sur la piste de danse, comme si plus rien n'existait, juste l'urgence chevillée au corps.

Le nœud dans son ventre semble se faire la malle. Un instant de répit dans les lumières stroboscopiques. Une pause salutaire dans ces angoisses quotidiennes.

Parfois, elle rit. Factice, le rire, pour ne pas pleurer. Pour quelqu'un qui avait le cœur au bord des lèvres en poussant la porte de ce lieu de débauche et de lumières trop vives, elle se débrouille plutôt bien pour singer le bonheur. Elle jette des regards autour d'elle, comme on espère trouver dans ces vapeurs d'alcool et de résignation sauvage un regard ami. Un « va, je ne te hais point ». Personne ne la voit vraiment. Alors, elle balance les bras encore plus fort, elle lève la tête et tourne sur elle-même pour la perdre encore un peu.

Elle passe ses nuits ainsi. Pour qu'elles se terminent plus vite. Elle attend. Elle ne s'attend plus à grand-chose. Alors, elle bouge plus frénétiquement encore. Jusqu'à ce que sa tête explose, jusqu'à ce que son cœur lâche enfin.

Ce soir, comme tous les autres, elle danse, elle danse et elle se déteste.

Arrive le moment de trop. La fatigue, la défaite, prennent le dessus.

Elle ne danse plus.

Elle fuit les lumières et se laisse tomber sur une

banquette, dans un coin reculé. De là, elle ne voit plus que des ombres sur fond d'apocalypse. C'est la fin du monde, soir après soir.

Elle attrape son téléphone portable et relit, à l'infini, le dernier message que lui a envoyé Baptiste.

Désolé…

Elle grimace de rage. Comment a-t-elle pu craquer et lui demander une nouvelle chance ? Dans les vapeurs d'alcool, dans un moment de faiblesse, elle s'est laissée aller à supplier, pathétique, de tout recommencer.

Baptiste n'est plus là et c'est définitif.

Elle pense à Léon. Maman danse comme une pauvre folle au fond d'une cave au beau milieu de la nuit. Elle se giflerait.

Alors, elle se lève, en furie, récupère sa veste et son sac aux vestiaires, sort en trombe de la boîte comme on remonte à la surface pour respirer.

Dehors, il fait déjà jour. Comment va-t-elle pouvoir aller travailler sans avoir dormi ? Il lui reste du temps pour passer se doucher, se changer et se farder à la truelle pour tenter de rattraper les dégâts.

Lola travaille à quelques stations de métro de là, heureusement. Dans la tour Montparnasse, pour une start-up comme Paris en abrite des milliers. Dans les énergies renouvelables. L'écologie a le vent en poupe, et permet de faire des économies pour peu qu'on isole bien son logement. Elle gère un portefeuille de clients dont elle veille au bien-être permanent. Rien de transcendant, mais elle gagne sa vie correctement et les horaires de bureau lui permettent de profiter de son fils.

Elle aurait dû rentrer plus tôt. Prendre le dernier métro. Le pire. Celui qui n'aura fait qu'effleurer la nuit. Celui qui n'aura pas permis de suivre le fil jusqu'au matin. Le dernier métro. Le meilleur. Puisque les conversations n'ont pu se terminer. Parce qu'on sait qu'elles reprendront dans deux jours, dans deux ans, dans deux vies. Parce qu'on n'a pas eu le temps d'être déçu par l'autre, d'être déçu de soi.

Lorsqu'elle arrive dans sa rue, elle décide de passer par le parc Georges-Brassens. L'envie de se couper un peu de Paris, de la ville.

Il faut absolument qu'elle prenne le temps un week-end de venir avec Léon. Il pourra faire du poney, peut-être. Elle a aperçu les animaux dociles faire le tour du parc la semaine dernière. Puis elle se dit que non, ces pauvres bêtes n'ont pas l'air si heureuses de trimballer sur leur dos des gosses gesticulant toute la journée.

Elle est perdue dans ses pensées, entre poneys et calcul du temps qu'il lui reste avant d'être en retard au bureau, lorsqu'elle entend une voix qui l'interpelle :

— Bonjour, Lola !

Inquiète, elle se retourne et aperçoit le vieux monsieur qui lui a rendu visite la dernière fois. Le libraire ambulant. Elle sait qu'il a tenté d'autres fois de toquer chez elle, mais en l'absence de Léon elle n'a pas ouvert. Comment il s'appelle, déjà ?

Ah oui.

— Bonjour, Paul-Henry !

Elle se dirige vers le banc où est assis le vieil homme, raide comme un piquet dans son costume écossais vert bouteille et ses chaussures vernies. Il paraît un peu incongru dans ce parc désert, semblant attendre un bus qui jamais n'arrivera. Sur ses genoux, un roman. Mais le vieux monsieur ne lit pas. Le livre est fermé, endormi.

Lola, épuisée tout d'un coup, se laisse tomber sur le banc à ses côtés.

— Soit vous êtes une lève-tôt, Lola, soit vous vous couchez tard. Et à en juger par votre tenue élégante, je pencherais plutôt pour la deuxième option.

Lola pique un fard. Pourtant, cet élégant dandy ne semble pas la juger. Aucun accent d'ironie dans sa voix, rien qu'une lueur d'intérêt sincère dans ses yeux. Lola croit même déceler une certaine forme de tendresse qui, bizarrement, la réconforte un peu.

Elle ne répond pas. Paul-Henry ne semble pas s'en offusquer.

Ils restent juste assis là, en cette matinée qui débute, côte à côte. Le vieux monsieur et la jeune femme.

— Vous faites quoi, Paul-Henry, sur ce banc de si bon matin ? finit-elle par lui demander.

Le vieux monsieur fixe l'horizon droit devant et répond dans un souffle :

— Je crois que j'attends.

Lola se tourne vers lui. Il semble parti loin, très loin.

— Je crois que j'attends depuis longtemps.

Un pigeon téméraire s'est approché d'eux et donne des coups de bec au sol. Paul-Henry sourit, les yeux fixés sur l'oiseau, et reprend en montrant le livre qu'il tient à la main :

— Je suis comme ce marque-page, là. On m'a laissé quelque part en 1989. Depuis, j'attends que le cours des choses reprenne enfin…

Le vieux monsieur, d'habitude si léger, semble porter sur ses épaules tout le poids d'un monde qui n'appartient qu'à lui. Lola, songeuse, lance :

— En 1989, j'avais six ans. L'âge de Léon…

Elle dit ça sans réfléchir. Le moment a quelque chose de surréaliste. Elle est épuisée par sa nuit, par sa vie. Et son compagnon semble plongé en des lieux oubliés qui ne la regardent pas. Elle se sent bien, là, maintenant. Elle aimerait prolonger cette sensation de quiétude.

— Je crois que nous attendons tous quelque chose, Paul-Henry. Mais la plupart du temps, ça n'arrive jamais.

À cet instant, ils semblent avoir le même âge, celui de la fin de l'innocence.

Comme s'il pesait ses mots depuis plusieurs minutes, Paul-Henry finit par murmurer enfin :

— On a bien connu ton père, tu sais. Quand je dis on, je parle de mon épouse et moi-même…

Lola remarque à peine le passage naturel au tutoiement. Peut-être parce qu'il y a trop d'infos en peu de mots.

— Vous connaissez Maxou ? Enfin, Max ?

— Non, je parle de ton père. Ton vrai père…, dit Paul-Henry après s'être éclairci la gorge. Enfin, ton père biologique, comme on dit.

Lola choisit, pour encaisser la nouvelle, de changer de sujet. Elle ne sait comment prendre ces confidences qu'elle n'attendait pas. Elle est trop fatiguée pour réfléchir.

— Je ne savais pas que vous aviez été marié, Paul-Henry.

— Pour tout te dire, Lola, je le suis encore.

Il soupire et lâche avec un sourire désenchanté :

— J'imagine que tu as eu l'occasion de rencontrer mon épouse, d'ailleurs. Martine Pichon. Nous sommes mariés depuis trente-six ans.

Ils replongent tous deux dans leurs pensées, silencieux et terriblement seuls. Mieux vaut en rester là pour le moment.

Les réponses viendront bien assez tôt.

PARTIE 2
HIER ET AUJOURD'HUI

« La vie est triste comme un verre de grenadine
Aimer, c'est pleurer quand on s'incline. »

« Libertine », Mylène FARMER

13

Une chanson douce

Paris, dimanche 21 mai 1989

Dis, Maman ? Pourquoi j'suis pas un garçon ?

Martine ne peut s'empêcher de fredonner cette chanson qu'elle aura dans la tête pour au moins les quinze ans à venir. Quelle plaie !

Puisqu'il faut choisir, à mots doux, je peux le dire, sans contrefaçon, je suis un garçon.

Elle doit absolument arriver à se la sortir de l'esprit. Elle attrape Paul-Henry par le cou et lance :

— Tu verras, dans quelques années, elle aura complètement plongé dans l'oubli, ta Mylène. Ces chansons ressemblent à des comptines un peu perverses, je trouve. Elle est gênante, en fait… Avec son filet de voix…

Martine se moque gentiment et Paul-Henry fait la grimace.

Porte de Versailles, la foule se presse en masse à l'extérieur du Palais des Sports, et chacun y va de son commentaire au sortir du concert de Mylène Farmer. Martine écoute d'une oreille les critiques alentour. Ça lui évite de fredonner cette chanson sans queue ni tête ! Elle s'émerveille de cette drôle de communion qui unit les gens à la sortie d'un spectacle. Comme si le fait d'avoir vibré à l'unisson pour une chanteuse de variété signifiait qu'ils partageaient un secret.

Depuis plusieurs mois, Paul-Henry est raide dingue de la jeune artiste. Martine en serait presque jalouse si elle ne trouvait pas ça terriblement attendrissant. Son trentenaire de mari s'est entiché de cette nana aux allures de poupée fragile et a traîné sa femme avec lui pour assister à ses premiers pas sur scène. Pour la forme, Martine a râlé des semaines durant, mais en vérité elle aime partager des concerts avec son Paul-Henry.

Ils en ont vu des artistes, dans cette salle. Dalida, kitch à souhait. Alain Souchon, dégingandé et génial de simplicité. France Gall, la muse au répertoire en or. Elle ne compte plus ces instants volés à regarder du coin de l'œil son époux chanter à tue-tête, debout et gesticulant, en plein bonheur.

Pour ne pas paraître blessante, Martine reprend :

— Elle se débrouille bien sur scène, faut bien l'avouer, mais quel cinoche elle nous fait ! Un concert au milieu d'un cimetière ! C'est d'une tristesse ! Et puis, elle chiale beaucoup, non ? Tu crois que c'est fait exprès ?

Paul-Henry se rebiffe, choqué et amusé à la fois que Martine puisse douter de la sincérité de sa nouvelle idole.

— Elle est prise par l'émotion. C'est beau, justement. Tu as un cœur de pierre, Martine, c'est dingue. On ne peut pas simuler les larmes. Elles viennent, c'est tout. Et elle a l'honnêteté de les laisser couler. Ce n'est pas donné à tout le monde, d'offrir sa vérité sur scène…

Elle ne lui avouera pas que, malgré tout, elle a passé un bon moment. Le voir si émerveillé face à son idole, en réalité, ça lui fait plaisir, à Martine.

— N'empêche que les gens se lasseront, tu verras. Dans deux ans, on en entend plus parler, de ta rousse incendiaire !

— C'est ce que tu crois, ça ! On peut parier si tu veux, rétorque Paul-Henry.

Il finit par prendre le parti d'en rire et attrape son épouse par le bras pour traverser l'avenue noire de monde. La foule compacte, tout autour d'eux, semble sortir d'une transe. Le spectacle en valait la chandelle, et jamais jeune chanteuse n'avait attiré autant de public.

— L'avantage, c'est qu'on n'habite pas loin ! On n'a pas à se farcir le métro pour rentrer. Un bon point pour la rousse ! Je n'aurais pas aimé traverser tout Paris juste pour ses beaux yeux !

— Je t'ai bien accompagnée pour Barbara la dernière fois. Et niveau tristesse, on a atteint des sommets ce soir-là !

— C'était il y a deux ans, mon vieux ! Tu ne vas pas me la ressortir à chaque fois ! Et puis, tu ne peux pas comparer ta vilaine fermière avec cette nuit au Châtelet. Nous avons purement et simplement assisté à un moment de grâce. Aucun rapport avec cette kermesse d'un goût douteux !

Martine et Paul-Henry se chamaillent tout au long du chemin du retour. Le mois de mai est particulièrement clément, voire chaud cette année, et c'est un plaisir pour le couple de déambuler dans les rues de leur quartier. Ils se sentent légers, encore sous la douce emprise de la chanteuse, de ce temps pris pour eux.

Martine finit par revenir à des considérations plus quotidiennes, brisant le tendre babillage.

— Demain, on doit se lever tôt, on a une livraison au magasin. Gabriel débarque, en plus.

— Ah oui, c'est vrai, répond Paul-Henry. Je vais y passer ce soir de toute façon. J'ai du travail à finir. Je vais aussi ranger l'atelier pour accueillir notre nouvelle recrue. Il ne faudrait pas lui faire trop peur en laissant tout en bazar en bas !

Le magasin de jouets leur prend tout leur temps. C'est un peu cet enfant qu'ils n'ont pas encore. Ils donnent toute leur énergie à cette folle entreprise, cet héritage que Martine ne peut s'empêcher d'aimer et détester à la fois.

Elle se demande parfois, la nuit, couchée dans son lit, s'il ne serait pas temps de laisser tomber. Ils n'ont pas de problèmes d'argent, loin de là. Ce magasin est plus un défi personnel qu'un réel besoin financier. Avec l'empire que possède son mari, ils pourraient même faire le tour du monde une vingtaine de fois sans jamais avoir le moindre souci pécuniaire.

Paul-Henry l'a suivie dans cette entreprise, par la force des choses et des liens sacrés du mariage. Ils y sont embarqués tous les deux depuis et font plutôt bien fonctionner la boutique. Ils ont quand même décidé de lâcher un peu de lest en embauchant enfin quelqu'un pour les seconder.

Le hasard fait bien les choses : Gabriel Champion leur a tout de suite plu à tous les deux.

Le jeune homme est à Paris depuis peu et leur a fait bonne impression. Sans en faire trop, il a su démontrer simplicité et débrouillardise, qualités indispensables aux yeux du couple de commerçants. Et il faut dire qu'il est plutôt beau gosse, le Gabriel, ce qui ne gâche rien et pourrait même s'avérer un avantage de taille.

Martine a conduit l'entretien lors du recrutement et lui a bien expliqué qu'il allait devoir mener plusieurs tâches de front, que ce soit tenir la caisse, réparer des jouets, gérer les commandes, surveiller la fauche ou passer un coup de chiffon. Il ne s'agirait pas que de remettre en état de vieux trains électriques cassés, même s'il paraissait immensément doué de ses dix doigts.

Gabriel n'a pas eu l'air plus inquiet que ça à l'évocation de la longue liste de ses futures attributions, et lui a juste dit avec un sourire mystérieux et ironique :

— M'essayer, chère madame, c'est m'adopter…

Elle lui a alors rétorqué qu'il semblait bien sûr de lui, mais de toute façon il allait avoir un mois d'essai. À lui de faire ses preuves. Elle ne demandait qu'à le trouver irremplaçable !

Martine suit le fil de ses pensées :

— Ça nous permettra peut-être de souffler un peu. De prendre du temps pour nous, ça fait longtemps qu'on n'a pas quitté Paris. Je ne pourrais vivre nulle part ailleurs, et pourtant, parfois, cette ville me sort par les yeux !

— Tu oublies vite, il me semble, la virée épique pour récupérer la cargaison coincée à Calais.

— C'est vrai, mais on ne peut pas dire que ce fût une partie de plaisir non plus…

Ils arrivent en vue du parc Georges-Brassens, fermé pour la nuit.

Martine aime son quartier. À chaque fois qu'elle se retrouve dans ses rues familières, elle a le sentiment d'être à sa place. Un soulagement qui l'inonde après s'être éloignée un peu trop du cœur de son quotidien.

— Ne rentre pas trop tard, Paul-Henry. On va avoir un coup de main dès demain, tu n'auras plus besoin de te tuer à la tâche !

Paul-Henry adresse un sourire complice à sa femme et s'empresse de traverser la rue pour rejoindre la boutique plongée dans l'obscurité. Ils ont décidé de ne pas la laisser allumée la nuit. Ce serait du gaspillage et n'aurait aucune utilité. Il n'y a bien que les grands magasins pour rester illuminés en permanence, comme si les clients pouvaient débarquer en pleine nuit. Autant pour l'écologie !

Martine, elle, regagne paisiblement leur immense appartement qui fait tout le rez-de-chaussée de l'immeuble. Elle déverrouille la porte d'entrée, enlève sa veste et l'accroche sur un cintre pour éviter que les épaulettes ne se déforment.

Lorsqu'elle pénètre dans le salon, elle trouve la télévision allumée. Trônant dans son éternel fauteuil, la mère de Paul-Henry lance comme une sentence :

— Enfin, vous rentrez ! Si c'est pas malheureux de me laisser seule toute une soirée dans cet appartement lugubre ! Je n'arrive pas à dormir. J'ai besoin de ma tisane. Vous savez bien, Martine, que je ne peux pas utiliser la bouilloire, je risquerais de me brûler. Et même si ça vous arrangerait bien, je ne vous ferai pas ce plaisir.

Martine s'en retourne vers la cuisine pour mettre de l'eau à chauffer et, à l'abri du regard de la vieille dame, pousse un soupir d'exaspération. Ce n'était pas si mal, finalement, le concert dans un cimetière. Toujours plus réjouissant que la tête de mort de sa belle-mère.

14

Manège

Paris, samedi 12 octobre 2019

Il pleut des cordes en ce samedi lugubre, et Lola a juste envie de se jeter dans une flaque d'eau pour s'y noyer à jamais.

Elle se tient debout, son parapluie déglingué à la main, des gouttes lui dégoulinant sur le manteau. Elle pue le chien mouillé et son humeur se rapproche également de celle de l'animal. Elle est crevée et elle aimerait être partout sauf ici, plantée devant le manège aux couleurs criardes. La musique tonitruante lui vrille les tympans et son mal de crâne risque de lui faire pousser un hurlement à tout moment.

Lorsque Léon arrive à son niveau, hilare dans son hélicoptère, elle sourit mécaniquement et reprend un air blasé dès qu'il disparaît, jusqu'au prochain passage où elle lui offrira sa mine de mère épanouie.

À la fin du mois, ce sera les vacances scolaires. Elle ne sait pas si elle se réjouit de l'avoir une semaine entière pour elle toute seule ou si elle redoute ce moment. Qu'est-ce qui ne tourne pas rond chez elle ?

Elle aime son fils, évidemment. Pourtant, il lui tape sur le système, parfois.

Mauvaise mère. Mauvaise mère. Mauvaise mère.

Cette expression qui ne veut absolument rien dire lui tourne dans la tête comme un mantra. Les bonnes mères n'existent pas, sérieusement. Ou alors, elle n'est qu'à Marseille, la Bonne Mère. Ailleurs, elles font ce qu'elles peuvent, elles se débattent avec leurs doutes et ce quotidien qui ressemble à un grand huit qui jamais ne s'arrête.

Le tour de manège s'achève et Lola s'approche de Léon, se frayant un passage parmi les mioches gesticulants qui se jettent dans la bataille pour un carrosse ou une moto.

Décidément, devenir mère ne lui a pas permis d'apprécier outre mesure les enfants des autres.

— Léon, encore deux tours et c'est terminé, crie-t-elle par-dessus la cacophonie de la dernière chanson à la mode qu'elle n'identifie pas.

Le petit garçon lui adresse un pouce levé rapide et tente de monter sur un cheval beaucoup trop haut pour lui. Lola accourt pour l'aider à ne pas basculer du mauvais côté, et éviter ainsi que son fils s'éclate au sol et se casse le nez. Elle n'est pas une si mauvaise mère que ça, finalement…

Elle descend du manège et reprend sa place pour un nouveau tour de supplice.

Comment font les autres mères seules pour apprécier ces moments ? Elle n'y arrive tout bonnement pas.

Ce qui prenait des allures d'aventure familiale lorsque Baptiste était à ses côtés lui paraît d'un pathétique infini depuis que leur trio a explosé.

Ce carrousel ressemble à son existence. Un éternel recommencement, cette façon de tournoyer à l'infini, de se saouler de bruit et de lumières clignotantes.

Pour passer le temps, elle détaille discrètement les autres parents qui attendent sagement la fin du tour de manège.

Il y a des grands-parents tout ébahis de voir leur progéniture hilare. Il y a des couples, amoureux, qui rient et prennent leur mal en patience, tellement agaçants dans leur bonheur domestique. Il y a une autre nana comme elle, qui semble s'ennuyer à cent à l'heure. Ça doit être une nounou, même si on est samedi. Il y a des gens qui bossent vingt-quatre heures sur vingt-quatre pour payer les cours d'anglais du petit dernier.

Lola se sent larguée, comme d'habitude.

Elle devrait être fière de ce qu'elle accomplit. Elle travaille, même si ce n'est pas le job de ses rêves. Elle fait bouillir la marmite, comme on dit, même si l'eau frémissante a tendance, la plupart du temps, à déborder de la casserole.

Financièrement, elle a limité la casse. Elle est propriétaire de cet appartement qu'elle n'a pas choisi, mais au moins, elle a quelque chose à elle. Elle a un toit pour Léon.

Sous son parapluie, elle contemple le manège de son existence et se demande quand celui-ci va s'arrêter de tourner.

Lorsqu'elle était enfant, elle se souvient qu'elle

pouvait attraper le pompon et gagner ainsi un tour gratuit. Arrivera-t-elle un jour à le décrocher, le fameux sésame ?

Ces nuits, ces jours, qui ne lui ressemblent pas. Mais qui ont le mérite de s'écouler. De laisser passer ce putain de temps, en attendant des jours meilleurs.

Elle en est là de ses pensées lorsqu'une main sur son épaule la fait sursauter.

Paul-Henry, son éternel sourire aux lèvres, se tient devant elle. Décidément, il a le chic pour apparaître à l'improviste. Il y a de la magie chez ce drôle de vieux bonhomme.

— Bonjour Lola ! Quel sale temps ! Je suis passé faire un tour à la librairie pour me donner du courage. C'est une journée à rester chez soi avec un bon roman et une tasse de thé !

Il montre alors à Lola un gros sac en papier qui déborde de bouquins. On dirait un gosse qui, lui, a réussi à choper le fameux pompon. Son butin sous le bras, il sourit de toutes ses dents et Lola, bêtement, se demande s'il porte un dentier. Non, il n'est pas si vieux que ça. Et puis, on s'en fiche, en fait.

— J'attends que Léon termine son tour de piste.

Elle désigne son fils qui passe à leur hauteur et fait de grands signes à Paul-Henry en l'apercevant. Lola lui intime de se calmer et de rester en selle. Le petit garçon est tellement content de voir le vieux monsieur qu'il pourrait se désarçonner à tout moment.

Lorsque le manège s'arrête enfin, Léon saute de son cheval avec une dextérité déconcertante, manque quand même de s'étaler en descendant les marches branlantes du carrousel, et court se jeter dans les bras d'un Paul-Henry hilare.

— Popaul !

Lola sent monter un début de fou rire, mais se reprend immédiatement.

— Léon ! Ça va pas, non !

Autant ce gamin est plutôt sage, autant ses manières laissent parfois à désirer ! Popaul ! Non, mais alors…

— Laissez, laissez, Lola. Je suis très content aussi de voir mon jeune ami. Bien le bonjour, Léon !

Le vouvoiement est revenu. Comme si ce matin dans le parc n'avait jamais existé.

Léon adresse un sourire vainqueur à sa mère et prend résolument la main de Paul-Henry dans la sienne. Le vieux monsieur s'empresse de caler son sac encombrant sur sa hanche et adresse un clin d'œil à Lola.

— J'en suis pour vous offrir un chocolat chaud dans ma modeste demeure, si le cœur vous en dit.

Lola n'a pas besoin de répondre. Léon a décidé pour eux dans un grand cri de joie. Elle emboîte le pas aux deux nouveaux compères, non sans attraper au vol le sac de Paul-Henry afin d'éviter un incident.

Depuis leur entrevue étrange sur le banc du parc Georges-Brassens, il faut avouer qu'elle a plutôt eu tendance à fuir son voisin. Malgré la curiosité qui vient parfois tambouriner au fond d'elle, elle est tout autant terrifiée d'en savoir plus.

Elle a un papa, un Maxou. Et tout va bien. Elle n'a pas besoin de déterrer le passé. Mais en emménageant dans l'immeuble parisien, elle avait pressenti que les choses ne resteraient pas enfouies bien longtemps. Dans ces lieux, la vérité ne demandait qu'à resurgir par bribes, petits morceaux d'elle-même qu'elle aurait préféré laisser sur le chemin sans les voir. Pourtant, elle n'a rien du Petit Poucet et ne souhaite surtout pas revenir en arrière.

Dans la rue, mouillée de pluie, Lola traîne un peu la patte derrière le duo formé par Paul-Henry et son fils. Les deux compères, séparés par plusieurs décennies, se tiennent par la main et le petit garçon adapte son pas à celui du vieux monsieur.

C'est très émouvant à voir, de dos, ce joli choc des générations. Comme à son habitude, Léon babille, raconte et pose mille et une questions auxquelles leur gentil voisin semble répondre avec une véritable joie.

Il y a quelque chose qui passe entre eux. Comme s'ils s'étaient reconnus, enfin rencontrés. Lola se sent de trop.

L'étrange cortège finit par arriver dans l'immeuble, et Paul-Henry les invite à rentrer chez lui.

— Laissez-moi vos manteaux. Je vais mettre le parapluie dans la baignoire pour qu'il s'égoutte.

Le vieil homme semble tout excité. Lola ne peut s'empêcher de penser qu'il doit être bien seul pour faire de ce moment un tel événement.

Léon, au milieu du salon, ouvre de grands yeux, à la fois étonné et émerveillé.

— Je savais pas, Popaul, que vous habitiez dans une bibliothèque !

Paul-Henry éclate de rire.

— Tu sais, bonhomme, ce sont les livres qui ont

décidé d'habiter ici. Petit à petit, ils finissent toujours par trouver une petite place, m'en laissant de moins en moins. Mais ce sont de fantastiques compagnons !

Lola, assise sur le canapé, s'amuse à voir les deux garnements détailler les rayonnages. Le vieil homme fait l'inventaire à Léon car il possède de nombreux ouvrages pour la jeunesse. Le petit garçon passe d'un livre à l'autre, les yeux brillants, les joues roses de plaisir.

Sa mère se lève alors.

— Paul-Henry, ça ne vous dérange pas si je vous laisse en compagnie de Léon quelques minutes ? J'ai deux-trois trucs à faire et je sens que mon fils préféré n'est pas prêt à plier bagage.

Paul-Henry acquiesce sans se détourner du livre qu'il tient grand ouvert devant son nouvel ami. Une édition illustrée du *Tour du monde en quatre-vingts jours* de Jules Verne.

Lorsqu'elle sort de l'appartement et referme la porte discrètement, elle entend encore, en montant les marches qui la ramènent chez elle, ces deux enfants qui sont en train de sceller les débuts d'une belle amitié.

15

Cherchez l'intrus

Paris, lundi 22 mai 1989

Gabriel Champion est assis sur le trottoir, les pieds dans le caniveau, devant la boutique de jouets. Nonchalamment, il fume une cigarette, les yeux levés vers le ciel comme s'il attendait un signe divin. Martine, de l'autre côté de la rue, l'observe quelques secondes avant de traverser et venir à sa rencontre.

Il est tombé par terre, c'est la faute à Voltaire…

Elle ne se rappelle pas la suite de la chanson. Elle ne sait même pas pourquoi elle y pense en le voyant là.

Gabriel est plutôt bel homme, pour peu qu'on apprécie le style rebelle. Brun, du genre savamment décoiffé, le perfecto et le jean troué, il semble tout droit sorti d'une campagne de pub pour Levi's avec sa clope au bec, dans la lumière matinale. Martine lui trouve un air un peu affecté, trop conscient de l'effet qu'il peut produire sous son attitude détachée.

Martine reprend ses esprits, se donne une contenance, un air de patronne. Toute à ses pensées, elle manque de se faire renverser par une 4L qui klaxonne bruyamment, l'obligeant à reculer d'un pas. Elle regarde des deux côtés de la chaussée puis, cette fois, traverse résolument la rue.

En l'apercevant, Gabriel se lève, dépliant sa grande carcasse de près d'un mètre quatre-vingt-dix, replace d'un geste habitué la mèche qui vient lui tomber sur le front et tend la main. Martine a le temps d'apprécier une poignée franche et assurée avant de se tourner vers le magasin et commencer à ouvrir la devanture.

— Il fait un sacré beau temps, on a droit à un joli mois de mai, dit-il d'un ton un peu forcé.

La météo, y a pas à dire, on n'a rien inventé de mieux pour briser la glace, même si Martine sent immédiatement que le bellâtre n'est pas à l'aise dans la pratique des lieux communs. Elle lui répond en poussant de l'épaule sur le chambranle de la porte.

— C'est vrai qu'on a droit à un joli soleil, mais ça veut dire aussi qu'on va crever de chaud dans le magasin, il va falloir vous habituer. C'est une vraie fournaise, ici, en été.

Elle pénètre dans la boutique qui sent le propre, Paul-Henry semble avoir profité de la veille pour tout récurer avant d'accueillir leur nouvel employé. Elle reconnaît bien là son époux, toujours soucieux de faire bonne impression.

Les jouets, poupées et autres figurines sont sagement alignés et semblent les observer.

— L'atelier est en bas, dans l'ancienne cave.

Attention, va falloir vous baisser si vous ne voulez pas vous fracasser le crâne. Les marches sont raides, soyez prudent. Et dites-vous que vous allez les monter et les descendre à peu près cinquante fois par jour, je compte plus les bleus sur mes jambes !

Gabriel la suit sans se départir de son petit sourire.

— Avec mon mari, la plupart du temps, on se relaie au magasin. Les premiers temps, on va continuer comme ça avant de pouvoir vous lâcher la bride.

— Vous n'êtes jamais là en même temps ?

— Non, non. On ne peut pas se permettre de laisser l'appartement sans surveillance.

— Des enfants ?

Martine éclate de rire.

— On peut dire ça ! Même si, à soixante-quinze ans, on pourrait la considérer comme une grande fille, maintenant. Mais elle a tout d'une gamine effrontée, je vous l'accorde !

Gabriel sourit toujours.

— Votre mère ?

— Non, celle de Paul-Henry. La mienne n'est plus de ce monde, paix à son âme. Même si je vous avoue que je ne gagne pas au change… Mais bref, nous ne sommes pas là pour discuter de la Reine-Mère. Et, autant vous le dire tout de suite, si Paul-Henry demande, je nierai avoir eu cette conversation avec vous… Un crime de lèse-majesté, ça peut aller loin !

Martine se retourne, lui adresse un clin d'œil et se poste devant un établi en écartant les bras.

— Tadam ! Voilà votre poste de travail ! Il appartenait à mon père, et à son père avant lui. On l'a gardé intact, c'est un peu l'âme secrète de la boutique. C'est là-dessus qu'il fabriquait les jouets les plus éblouissants ! Le Tout-Paris se pressait pour offrir à leurs mioches une création de mon grand-père. On s'en sert maintenant pour de petites réparations. Nous n'avons pas le talent de mes aïeux, hélas. Dans la famille, on l'appelait Gepetto. On se moquait un peu, mais en vérité, il était doué ! Et puis, il a fallu s'adapter au goût du jour…

— J'espère être à la hauteur.

— Pas d'inquiétude ! Vous ne pouvez pas faire pire que mon mari. C'est une catastrophe ambulante avec un marteau à la main ! Si ça ne tenait qu'à lui, on aurait plutôt une librairie. Les livres, c'est sa véritable passion.

— Chacun son truc… Je suis plus manuel, pour ma part. Je crois que je n'ai jamais lu un livre en entier.

Gabriel semble se désintéresser de la conversation et prend en main les outils, les soupèse, les repose, les caresse comme on convoite un bel objet ou une femme longtemps désirée. Il est dans son élément et Martine est soulagée. Elle aime l'idée d'embaucher quelqu'un de vraiment motivé, qui appréciera son travail.

Au-dessus de leur tête, la clochette signalant l'arrivée d'un client se fait entendre.

— Ah, le devoir nous appelle !

Ils remontent l'escalier abrupt avec précaution, l'un derrière l'autre, et Martine accueille une jeune femme qui tient par la main un petit garçon.

— Que puis-je faire pour vous ?

La mère jette à peine un regard vers Martine.

— On regarde, c'est tout. Merci.

Martine, comprenant qu'elle n'a pas affaire à une cliente qui souhaite être bichonnée, revient vers le comptoir et propose à Gabriel de lui montrer la caisse enregistreuse et son fonctionnement.

Elle s'amuse de voir la cliente s'attarder et faire des yeux de biche enamourée à son nouvel employé, même si celui-ci est tout à son apprentissage et ne la remarque pas. C'est décidément une brillante initiative, l'embauche de ce garçon…

— Vous habitez dans le coin, Gabriel ? Je ne vous ai même pas demandé, tiens !

— Non, pas vraiment. Je n'ai pas encore trouvé d'appartement, je vis pour le moment dans un petit hôtel, pas loin de la gare du Nord.

— Ah ! Vous n'êtes pas à Paris depuis longtemps alors ?

— J'ai plutôt tendance à rouler ma bosse.

Gabriel ne semble pas vouloir développer. Martine lance alors :

— Si jamais, il y a un appartement à louer en face, dans notre immeuble, dans la résidence. Les locataires viennent de partir. J'en parlerai à mon mari, ça vous ferait beaucoup moins de trajet le matin ! Enfin, si ça vous convient de vivre à deux pas de votre lieu de travail.

Gabriel sourit.

— Attendons de voir si je fais l'affaire, non ?

— Vous avez raison. Je mets un peu la charrue avant les bœufs ! Faut croire que je vous ai déjà adopté.

La matinée s'écoule sans heurt et, vers treize heures,

Paul-Henry franchit le seuil du magasin et lance d'humeur joviale :

— À table ! Mère a mangé, même si les courgettes ne sont pas sa tasse de thé ! J'ai laissé ton assiette dans la cuisine. Tu l'as bien méritée.

Puis il se tourne vers leur nouvel employé.

— Ah, Gabriel. Bonjour et bienvenue parmi nous !

Gabriel et Paul-Henry se serrent la main. Martine sourit intérieurement de voir son époux un peu guindé, presque protocolaire. Qu'est-ce qu'il peut être snob, parfois… Gabriel le dépasse d'une bonne tête et le contraste entre les deux hommes est saisissant. David et Goliath.

— Vous pouvez prendre votre pause déjeuner aussi, Gabriel. Je ne vous propose pas de vous joindre à moi, car passer un moment avec ma belle-mère, c'est tout sauf une récréation ! Je vous laisse découvrir le quartier. La boulangerie, au coin, est très chouette si vous ne prenez pas de pâtisserie. Du surgelé…

— J'ai apporté de quoi manger. Je vais peut-être aller pique-niquer avec ce soleil dans le parc.

— Très bonne idée. Le parc Georges-Brassens est très agréable avec les beaux jours. Bon appétit, alors ! À tout à l'heure.

Gabriel s'éclipse en coup de vent et, pendant que Martine enfile sa veste, Paul-Henry l'interroge :

— Alors ? La matinée s'est bien passée ? Comment il est, le petit nouveau ?

— Écoute, il est volontaire et plutôt débrouillard. Je crois que ça va bien se passer et qu'on ne s'est pas trompés. Il en a dans la tête, ça se sent, même s'il ne parle pas beaucoup. Mais j'aime autant ! Et puis, avec sa binette d'acteur de cinéma, il risque de nous amener du monde. Tu aurais vu la tronche de certaines clientes ce matin ! Y en a une qui a acheté un yoyo juste pour pouvoir faire sa mijaurée à la caisse pendant dix minutes et se tortiller dans tous les sens devant lui. Ah, les bonnes femmes !

Paul-Henry rit de bon cœur.

— Tout est bon à prendre pour faire tourner la boutique ! Il nous réserve de belles surprises, j'en suis certain !

16

Loup glacé

Paris, vendredi 18 octobre 2019

— Alors, raconte, comment va Léon ?

Clarisse est accoudée au bar, un verre de vin blanc à la main, pendant que Lola s'affaire dans la cuisine.

— Écoute, si on considère que son nouveau meilleur ami a plus de soixante ans, on peut déjà craindre le pire pour son adolescence. Il va sûrement plonger dans un mutisme de plusieurs années ou me haïr à jamais, au choix, pour lui avoir fait passer son enfance dans cet immeuble du troisième âge. Il ne lâche plus Paul-Henry !

Clarisse, comme à son habitude, éclate de rire.

— Mais tout va bien, alors ! Il est plutôt inoffensif, le Paul-Henry. J'aime bien son côté vieille France. J'avais bien, moi, un ami imaginaire que j'appelais Pépito. Ne me demande pas pourquoi, mais il était dépourvu de bouche…

— Je ne me rappelle pas t'avoir entendue parler d'un Pépito lorsqu'on était gamines ?

— Évidemment que non. J'étais pas complètement cruche. Je me doutais bien que c'était pas très normal, le coup de l'ami imaginaire. J'imagine que c'était un moyen pour mon inconscient facétieux de me laisser toujours le dernier mot… C'est quand même bien foutu, l'imagination, y a pas à dire !

Lola sourit aux élucubrations de sa demi-sœur. Lorsque les gens évoquent Clarisse, le mot qui revient toujours est *trop*. Trop maquillée. Trop ronde. Trop soûlante. Trop envahissante. Trop présente. Clarisse est en effet de ces personnes qui prennent beaucoup de place, au point parfois de déranger ceux qui ne la connaissent pas vraiment. Pourtant, ce trop-plein-là est le juste milieu dont Lola a besoin dans sa vie. De la fantaisie, de l'irrévérence. Dans cette vie de trop peu, Clarisse est le *too much* indispensable pour contrer la grisaille.

— Et toi, alors ? Tes projets ? Ça avance ?

— Je suis sur un nouveau truc, là…

Si Clarisse change souvent de couleur de cheveux, elle jongle également avec les projets plus ou moins réalisables.

— Tu ne voulais pas devenir influenceuse ?

— Eh bien, oui mais non, en fait ! Je me suis rendu compte que c'était beaucoup trop barbant, comme truc.

— Dans les bouquins, non ? C'était ça l'idée ?

— Oui, oui… C'est justement Paul-Henry qui m'y avait fait penser. Mais je crois que ce n'est pas fait pour moi. Je me suis incrustée à une soirée organisée par un éditeur, je me disais que c'était l'occasion de glaner des trucs, tu vois. Des astuces…

Elle attrape une poignée de cacahuètes qu'elle enfourne d'un coup.

— Déjà, apparemment, il faut lire les livres ! Même si je suis persuadée que certains ne le font pas, mais ça, ils ne le diront jamais. Et puis, ce n'est même pas payé, en fait ! Non, vraiment, je ne comprends pas le délire. Il faut prendre des photos, écrire des avis en pagaille…

— Ce sont des passionnés, je pense. Ils font ça pour l'amour de la littérature. D'où le fait qu'ils lisent les livres, en fait ! Tout n'est pas question d'argent en ce bas monde, ma vieille.

— Mouais, je me disais que c'était un créneau à prendre, car pas vraiment exploité, mais je ne suis pas à l'aise dans ce milieu. J'ai demandé à une nana que je suis sur les réseaux combien ça lui avait coûté d'acheter vingt mille abonnés sur Instagram. Eh bien, figure-toi qu'on aurait dit que je lui avais demandé si je pouvais arracher sa culotte avec mes dents tellement ça l'a choquée. Elle m'a regardée avec des yeux ronds et m'a carrément tourné le dos. Elle m'a évitée toute la soirée et, apparemment, elle a fait passer le mot… Personne ne m'a adressé la parole. J'avais l'impression de sentir la frite. Je me suis ennuyée à mourir et je crois que je me suis encore fait des ennemis ! C'est un don, chez moi, décidément.

Un éléphant dans un magasin de porcelaine. Du grand Clarisse.

Pourtant, le fait de ne pas avoir fait l'unanimité ne semble pas la perturber plus que ça. Comme Lola aimerait avoir ce cran-là, parfois ! Non qu'elle veuille absolument être aimée de tous, mais elle a quand même tendance à toujours vouloir faire bonne impression.

Lola pose deux assiettes fumantes sur le comptoir, attrape les couverts et s'installe à côté de Clarisse.

— Non, ce n'était pas l'idée du siècle. Et puis, les réseaux sociaux, tout ça, c'est trop hasardeux. Ça ne dure pas, une idée chasse l'autre, et tu te retrouves démodée du jour au lendemain. Non, j'ai une idée de génie qui me trotte dans la tête depuis quelques semaines.

Lola connaît par cœur ce drôle d'air qu'elle prend. Elle n'attend plus que l'annonce du nouveau Projet qui occupera Clarisse les prochaines semaines, jusqu'au prochain grand dessein.

— Je pense m'orienter vers la voyance.

— Ah, ce n'est pas trop farfelu, cette fois. Tu m'as habituée à pire ! Mais tu ne m'as jamais dit que tu avais des dons…

Lola se mord la lèvre. Aussi dingue que soit Clarisse, elle reste très susceptible sur certains points.

— Non, mais pas voyante comme tu penses. Pas une nana enturbannée qui lit dans une boule de cristal, ou dans les cartes de tarot. Je vais allier deux passions en une.

Clarisse ménage ses effets et plonge son regard dans celui de sa sœur.

— Voyante capillaire ! Le voilà, le concept ! La voilà, l'idée du siècle !

Lola crache un peu de son vin sur la surface immaculée du bar. Elle se lève pour attraper une éponge dans l'évier et, tout en nettoyant sa bévue, s'exclame :

— Pardon ? Tu vas lire l'avenir des gens dans leurs cheveux ?

— Exactement ! On est sur un créneau très peu exploré et à l'avenir radieux ! Les gens auront toujours des cheveux et la peur du lendemain, c'est le lot de tout le monde.

— Et pour les mecs chauves ? Ou qui portent un postiche ?

— J'y ai pensé, justement. Ça marche aussi ! La voyance, ce n'est qu'une sorte de psychologie déguisée. Il suffit de savoir analyser la personne ! Eh bien, moi, j'analyserai le cuir chevelu. Et je peux même me mettre à la colle avec un coiffeur pour me rapporter des clients ! Tu sais qu'une femme change de coupe environ cent cinquante fois au cours de son existence ?

— Du genre, « un petit tour d'horizon de votre avenir avant le brushing » ? Après Madame Soleil, Madame Brushing fait la pluie et le beau temps ? Non, mais tu nous auras tout fait, Clams, vraiment !

— Faut que je réfléchisse encore, mais je tiens un truc ! Et toi, alors, comment ça va ?

Lola élude la question. En répondant que tout va bien et en se resservant un verre de vin.

Elle ne peut pas expliquer à sa sœur combien elle a parfois le sentiment d'être deux personnes totalement différentes. Deux femmes, et un seul élément pour déterminer laquelle des deux entre en piste.

Léon.

Lorsque son fils est avec elle, elle se sent pousser des ailes. Elle est la mère. La maman attentionnée. Qui prend soin de tout. L'appartement est nickel. Tout est organisé au cordeau.

Dès que son fils part chez son père, c'est comme si elle traversait le miroir vers une autre existence. Les lieux sont les mêmes, mais complètement vidés de leur substance, de leur raison d'être. Elle devient l'autre. Celle qui s'étourdit de rencontres faciles. De types tous plus inintéressants les uns que les autres, juste utiles à flatter son ego en lambeaux.

Il y a eu Dominique, Franck, Jacques et ceux dont elle ne se rappelle plus le nom, ceux qui n'ont pas eu besoin d'avoir une identité pour passer la nuit et faire se lever plus vite une nouvelle journée.

Décidément, quelle drôle de pente elle est en train de prendre.

On lui aurait dit, un an en arrière, qu'elle en serait à courir d'un point à l'autre de Paris pour des rendez-vous qui n'ont rien de galant, elle aurait poussé des cris d'effroi. Pourtant, ces étreintes éphémères la rassurent, rendent le temps moins long, en attendant que la vie reprenne son cours et que Léon réintègre son quotidien. Jusqu'à la prochaine fois.

Léon est cette boussole qui lui permet de garder le cap. Elle n'ose imaginer où elle serait s'il n'était pas là. Pourtant, il peut la rendre folle, comme tous les gamins de son âge. Elle en arrive même parfois à attendre impatiemment le moment du départ. Impatience qui se transforme en brûlure à l'instant où son petit garçon franchit le seuil de leur appartement.

En permanence, cette colère qui l'habite envers elle-même. Jamais contente, en définitive. Léon lui manque, puis il est trop présent. Qu'est-ce qu'elle veut à la fin, que recherche-t-elle ? Elle n'a pas les réponses. Elle ne sait plus trop qui elle est.

Souvent, son téléphone sonne. Clarisse. Ou Maman. Ou Maxou. Elle ne répond pas. Elle se dit, plus tard. Elle rappellera. Promesse pieuse.

Il faut bien avouer que sa nouvelle situation n'est pas vraiment une excuse. Elle a toujours fonctionné ainsi. Plus ou moins délibérément. *On verra demain.*

Puis demain arrive.

Évidemment, elle aime ses proches. Elle pense souvent à eux. Mais elle n'a pas besoin de les entendre, de les voir. Ils sont là, ça lui suffit. Hélas, les autres ne semblent pas vraiment goûter cette attitude lointaine. Combien d'amitiés parties en fumée par sa faute… Comme si les gens devaient s'accrocher. Comme s'ils devaient mériter son amour. Elle sait le mal qu'elle peut faire, et pourtant, elle ne trouve pas le courage de rappeler, d'être légère, de rassurer.

Parfois, lorsqu'elle y pense, elle se fait encore la promesse de rappeler tout son petit monde très vite. Jusqu'à ce que les jours, les semaines passent et qu'il lui paraisse carrément impossible de débarquer après des mois de silence.

Seule Clarisse a su tenir bon, et c'est bien grâce à son opiniâtreté que leur lien a perduré au fil des années. Sa sœur n'hésite pas à la bousculer. Elle ne la laisse pas s'embarquer dans la ronde des infimes mensonges que l'on se fait à soi-même pour mieux enfouir la vérité.

— Tu as merdé. Point barre. Pas la peine de te chercher des excuses. Tu as de la chance que je sois encore là, ma vieille ! Faut croire que je suis un peu sadomaso ! Je passe ma vie à te courir après.

Bien souvent, Lola n'a pas d'arguments face à la colère passagère de sa sœur. Elle l'écoute lui remonter les bretelles et hausse les épaules à la fin de la diatribe, ce qui a le don de faire remonter illico la volcanique Clarisse dans les tours.

Lola n'a jamais compris comment Baptiste faisait pour appeler sa mère tous les jours.

Tous les jours, oui. Jusqu'à détailler ce qu'il avait mangé à midi. À expliquer par le menu des conversations insipides de boulot, ou parler, littéralement, de la pluie et du beau temps.

Un mystère pour Lola. Pourtant, lorsqu'elle fait un effort, lorsqu'elle franchit le pas, elle aussi peut discuter des heures. Loin d'être désagréables, ces conversations lui font un bien fou. Mais elle ne sait tout bonnement pas les lancer.

— Un jour, on a beau t'aimer, on finira par se lasser, ma vieille. Un jour, ce sera la fois de trop. L'absence, tu sais, ça ressemble parfois à de l'indifférence. Et ça fait drôlement mal quand on se la prend en pleine face.

Disons que, pour le moment, Lola sert à sa propre conscience l'excuse de sa récente séparation pour faire taire les remords. Elle sait bien qu'elle est la seule à être dupe.

Lola préfère alors l'inconnu. Les inconnus.

Les hommes d'un soir. Les réseaux sociaux, cette foule anonyme qui déverse des milliers de vérités complètement inutiles. Ils lui arrachent un sourire, une moue gênée. Ils exercent sur elle une forme de fascination dévorante et la rassurent. Elle n'est pas seule à être seule.

Elle a découvert ces nouvelles applis de rencontre où une simple pression du doigt vous permet de rencontrer un type à votre goût, sans effort. Comme on commande une pizza, on peut se prévoir une sortie sympa avec un brun, un blond ou un rouquin. Tout dépend de l'humeur du jour.

Ces inconnus ne peuvent pas la heurter. Le regard qu'ils posent sur elle, leurs mots, cela ne l'atteint pas vraiment. C'est comme s'ils n'existaient pas. Juste un passe-temps.

Ils ne savent pas qui elle est, au fond.

Et ça lui convient.

Clarisse sent bien que quelque chose ne va pas. Et dans ces moments-là, Lola a d'autant plus envie de la fuir.

17

Le cochon qui rit

Paris, jeudi 1er juin 1989

Martine Pichon referme sans bruit la porte de la chambre où sa belle-mère vient enfin de s'endormir.

Comme un poupon tout fripé dans ses draps de soie. La vieille folle fait la sieste tous les après-midi, offrant à sa bru quelques moments de répit.

Martine en profite pour se lancer dans un grand ménage. Il faut dire que les lieux sont vraiment gigantesques pour un appartement parisien. Ils occupent tout le rez-de-chaussée de l'immeuble. Il y a de quoi se tuer à la tâche pour les garder immaculés.

La mère de Paul-Henry a décidé que Martine pouvait évidemment s'occuper de l'entretien quotidien de leur demeure. Prendre une femme de ménage aurait été du gaspillage. Même si la vieille toquée a les moyens de s'adjoindre les services d'un bataillon d'aides ménagères, elle ne se prive pas du plaisir de faire de Martine sa Cendrillon personnelle. Sous prétexte de ne pas laisser pénétrer d'inconnus au sein de leur foyer, elle laisse à Martine le soin de lustrer, briquer et illuminer l'intégralité de la maisonnée.

Martine époussette les bibelots, les cadres de photos où, évidemment, elle n'apparaît pas. Paul-Henry est le sujet principal de toutes les photographies, mais jamais, non, au bras de son épouse. La vieille peau y veille. Comme pour rappeler, à chaque instant, que Martine n'est qu'une pièce rapportée. Qu'elle n'est pas une vraie Pichon.

Dans le salon, au-dessus du canapé en cuir, il y a cette affiche, encadrée, que Martine déteste. Sur le poster, en grosses lettres rouges et blanches, avec cet arrière-plan aux motifs Vichy, s'étale le slogan : *Dans le Pichon, tout est bon*, à côté d'un cochon hilare qui serre entre ses pattes un saucisson gigantesque.

Martine n'en revient pas de la bêtise de cette affiche publicitaire. Ce cochon à la con qui tient lui-même un saucisson, prêt à se dévorer lui-même dans un sourire gargantuesque qui terrifie Martine. Elle l'aurait bien brûlée dans un immense feu de joie si Belzébuth n'y tenait pas tant.

Faut dire que niveau publicité, on vit des années mémorables. Tout est permis et rien ne semble trop kitch. Les Pichon, en définitive, ils ne se sont pas foulés. Ils ont tout pompé sur la Vache qui Rit avec leur cochon au sourire de psychopathe ! Et depuis vingt ans, ils usent jusqu'à la corde leur fameux *Dans le Pichon, tout est bon*. Une idée de Belzébuth, il paraît. Même pas eu besoin de faire appel à une agence de communication pour leur décrocher ce fameux slogan !

De petite entreprise familiale, les parents Pichon se sont hissés à la force de la couenne de leurs pauvres cochons au rang des grandes fortunes françaises. Ils ont accumulé de quoi tenir à l'abri toute la future descendance même si, il faut bien l'avouer, elle risque tout bonnement de s'éteindre.

Martine n'arrive pas à tomber enceinte. Elle a même arrêté d'essayer, d'ailleurs. Trop de déceptions, et cette question permanente dans les yeux de sa belle-mère qui attend l'héritier du cochon comme le futur messie. Rien que pour ça, Martine est plutôt satisfaite de ne pas avoir encore engendré.

Elle sait que c'est bien la seule raison pour laquelle sa belle-mère tolère sa présence. La vieille ne voit en elle que la future génitrice d'une portée de petits Pichon en puissance. Parfois, la nuit, Martine donne vie à un porcin bien en chair dans un cauchemar terriblement réel. Elle court à l'infini dans un couloir immense, le bébé dans les bras, poursuivie par la mère de son mari qui tient, comme une massue, un saucisson disproportionné. Elle se réveille en hurlant et en sueur, une nuit sur deux.

Paul-Henry la prend alors dans ses bras, et elle se rendort au rythme des battements de cœur rassurants de son époux, collée sur sa poitrine, comme accrochée à une bouée de sauvetage.

C'est ce qu'elle aime chez lui. Cette sérénité, cette façon d'être comme au-dessus du monde, dans une autre strate de l'existence.

C'est un homme rassurant, car elle en a exploré les moindres recoins. Une leçon apprise par cœur au fil des années. La vie conjugale est un examen de passage permanent.

Elle seule connaît les infinies nuances qui composent la douce mélodie de son mari. Le nombre de sucres qu'il ne met pas dans son café. Sa façon de se mordre la lèvre lorsqu'il réfléchit. Sa pointure de chaussures dont elle est la seule à se souvenir, puisque lui-même ne sait pas. Elle compte l'apparition de chaque nouvelle ride sur le visage de celui qu'elle connaît plus qu'elle-même.

Parfois, elle doit se pincer. Elle n'arrive pas à croire en sa chance. Elle, la petite fille de la rue, la Titi parisienne dans sa plus pure tradition, a épousé un homme gentil, poli et riche.

Martine a grandi dans le quartier. Pur produit d'une famille travailleuse et honorable où la fantaisie n'avait guère sa place. Elle a rencontré Paul-Henry enfant, un jour qu'il était venu au magasin de jouets.

À l'époque, elle aimait traîner dans la boutique tenue par sa mère, immobile derrière sa caisse, un éternel sourire commercial aux lèvres. Son père passait sa vie dans la cave minuscule à créer ces jouets en bois qui étaient la spécialité du magasin.

Lorsque Paul-Henry était entré, Martine était en train de passer le chiffon sur les étagères dédiées aux pantins de bois, la passion de son père. Le petit garçon était accompagné par une dame qui s'était dirigée vers la caisse en le laissant planté là, un peu emprunté.

Martine n'était pas farouche et s'était approchée de lui. Tout endimanché, il semblait ne pas savoir où poser les yeux.

— Salut ! Elle est jolie, dis donc, ta maman ! Elle ressemble un peu à Brigitte Bardot, en brune !

Il avait semblé surpris par cette fille, les cheveux en bataille, un peu débraillée.

— Ce n'est pas ma mère. Il s'agit de ma nourrice. Et je ne sais pas qui est cette Brigitte dont vous parlez…, avait-il ajouté, presque coupable.

Martine avait fait les yeux ronds devant ce garçon de son âge qui parlait comme un livre ou un professeur un peu ennuyeux. Elle avait éclaté de rire :

— Je ne savais pas qu'on pouvait encore avoir des nounous à ton âge ! Et tu peux me tutoyer, tu sais, je ne suis pas une reine, même si j'en ai l'air ! Viens voir, je vais te faire visiter le plus beau magasin de jouets de la capitale !

Sans plus de cérémonie, elle avait attrapé le garçon par la main et l'avait entraîné plus avant. Paul-Henry n'avait pas pu s'empêcher de jeter un œil inquiet vers le sosie de Brigitte Bardot, mais elle était en grande conversation avec la dame du magasin.

Il avait alors serré plus fort la main de cette drôle de fille et s'était engouffré à sa suite dans les méandres du magasin de jouets.

Dès lors, les deux enfants ne s'étaient plus lâché la main.

En grandissant, ils avaient bravé les adultes pour se retrouver en catimini. Chacun entrouvrait à l'autre les portes d'univers diamétralement opposés. Martine aimait à les comparer à ce dessin animé de Disney, *La Belle et le Clochard*. Sauf qu'elle était la Clocharde et lui le Beau !

Seules les fameuses nourrices changeaient, et Martine leur trouvait toujours une ressemblance avec des actrices du moment. Catherine Deneuve, Claudia Cardinale ou Audrey Hepburn.

— C'est Père qui s'occupe de choisir mes nourrices. Mère n'a pas son mot à dire. Elles sont gentilles, mais ne restent pas très longtemps chez nous.

— Il a l'œil, ton papa, pour dénicher les perles rares, s'esclaffait l'impertinente Martine. Il doit bien en profiter pour se rincer l'œil, le coquin !

Paul-Henry, naïf, ne comprenait pas la plupart du temps où elle voulait en venir, mais il appréciait drôlement la compagnie de cette fille un peu folle qui tranchait tellement avec la rigidité de son quotidien solitaire. Lui qui devait se réfugier dans les livres pour étouffer un peu cette tristesse qui l'étreignait au moment de se coucher, il la voyait comme un arc-en-ciel, une bouffée d'oxygène.

Jeune homme, il a tenu tête pour la première fois de sa vie à ses parents. À sa mère, surtout. Il a épousé Martine, faisant de la petite fille du magasin de jouets une Pichon à part entière.

Son entrée dans l'empire du saucisson a permis à la famille de Martine de conserver le fameux magasin qui, peu à peu, perdait du terrain. Le gros cochon joufflu a sauvé de la fermeture le royaume de Gepetto, faisant de Paul-Henry le prince charmant d'un conte parisien.

Martine est devenue, au final, la dernière nounou en date d'un Paul-Henry qui croit savoir ce qu'est l'amour.

18

Marionnettes

Paris, samedi 26 octobre 2019

Dans sa boutique, Martine Pichon passe des heures sur son ordinateur hors d'âge.

Lorsqu'elle arrive, elle allume l'antique machine qui semble se réveiller d'un sommeil douloureux à grand renfort de vrombissements et de cliquetis bizarres.

Il y a quelques années de ça, aux heures les plus cruelles de ses journées vides de sens, elle a trouvé un moyen de s'occuper l'esprit pour arriver sans encombre à traverser la journée vers le jour suivant, tout aussi vide de promesses et d'intérêt.

Martine Pichon ne l'avouera jamais à personne, mais elle passe des heures devant les Sims.

Un simulateur de vie. Il suffit de créer son personnage, de la coupe de cheveux à la taille de la poitrine, en passant par la hauteur des pommettes. On l'habille, on l'installe dans une maison, et l'objectif est de lui faire vivre sa vie. Comble de l'ironie pour celle qui a mis la sienne au point mort.

Au fil des mois, minutieusement, elle a créé des communautés entières de personnages imaginaires librement inspirés de faits réels.

Paul-Henry est l'un des plus anciens. Selon l'humeur, elle aime à le rendre heureux ou, le plus souvent, à lui rendre le quotidien impossible. En déesse toute-puissante, elle fait tomber sur son existence pixélisée toutes les calamités possibles et imaginables. Incendies, perte d'emploi, bagarres, ruptures et trahisons jalonnent les journées de Paul-Henry. Voir s'agiter en tous sens son alter ego informatique dans des situations dramatiques fait glousser Martine comme une gamine effrontée.

Sur son écran, Paul-Henry a une trentaine d'années. Elle l'a recréé au temps de leur splendeur, dans ce mariage qu'elle croyait idyllique.

Lorsque la peine, les regrets ou une certaine nostalgie se mettent à l'envahir, elle clique comme une démente sur ce mari perdu et s'amuse à ne pas le nourrir ou à le voir s'agiter sous l'effet d'une envie pressante. Elle rit de le tenir ainsi à sa merci.

Elle a même créé une version humaine de Nénette. Elle lui fait peindre des toiles toutes plus sublimes les unes que les autres et prend un malin plaisir à en faire l'ennemie de Paul-Henry. Lorsque Nénette le croise, les interactions sont toujours violentes. Une vengeance mesquine, mais dont elle seule est témoin.

Bizarrement, dans le jeu, Martine n'existe pas.

Elle a bien tenté de se créer un avatar, mais elle

n'est jamais arrivée au bout. Le fait d'essayer quelque chose de ressemblant fait monter en elle des sentiments troubles qu'elle préfère ne pas analyser.

Elle a donc balancé ses débuts de Martine à la poubelle et s'amuse plutôt à intégrer à son quartier imaginaire un Gabriel Champion plus vrai que nature, vêtu de son éternel Levi's. Elle a même réussi à traduire, à force d'essais, sa perpétuelle moue ironique. Lui aussi, selon les jours, elle lui en fait baver ou elle le cajole.

Dans le quartier qu'elle a reconstitué avec minutie, ses marionnettes se croisent dans le parc Georges-Brassens ou dans le magasin de jouets. C'est sa vie, toutes époques confondues, sans les barrières du temps et de l'espace. Une extension des habitants de son esprit. Un jeu qu'elle prend très au sérieux la plupart du temps.

Par moments, elle lève la tête de son écran et adresse quelques mots à la galerie de jouets qui l'entourent. Plus elle s'est éloignée du monde, plus elle s'est rapprochée des habitants de la boutique, ceux qui jamais ne se vendront tant ils sont moches.

Ce bric-à-brac, ce fourre-tout de poupées, d'animaux en peluche, de pantins désarticulés, est devenu une forme de famille. Elle les aime autant qu'elle les hait.

À l'heure de la pause déjeuner, aujourd'hui, elle hésite. Va-t-elle sauter un repas et continuer sa partie ? Elle est en train de faire prendre un bain à son Paul-Henry virtuel, et elle hésite encore entre le laisser mourir de faim ou le faire périr dans un incendie.

Non, elle décide de rentrer chez elle pour s'offrir

une petite séance de voyeurisme. Elle est sur plusieurs *dossiers* en ce moment.

Elle est très intriguée par la locataire du bâtiment en face qui possède trois chiens ridicules, des chihuahuas. Martine l'entend souvent les houspiller. Elle les voit aussi sur le balcon. Le grand mystère, c'est qu'elle ne l'a jamais croisée dans le quartier pour une promenade. Ni le matin, ni en fin d'après-midi. Jamais.

Comment peut-elle vivre en appartement avec trois cabots, sans jamais les laisser se dégourdir les pattes ou leur faire rendre hommage aux lampadaires du quartier ? Non pas que ça gêne terriblement Martine. Au vu de l'incivilité de la plupart des propriétaires de chiens de la capitale, trois cabots en moins sur le trottoir, c'est une petite chance en moins de mettre le pied au mauvais endroit.

La semaine dernière, en croisant des touristes en pâmoison qui s'écriaient « Vraiment, Paris porte bien son surnom de Ville Lumière, quelle beauté ! », Martine est passée à leur niveau en grommelant : « Je t'en ficherai, moi, de la ville lumière ! Ville poubelle, oui ! » Pas peu fière d'avoir douché les ardeurs du petit groupe en goguette, elle s'est éloignée, le sourire aux lèvres.

Lorsqu'elle pénètre dans son appartement, elle repense encore à cette scène et se sent de bonne humeur. Elle se prépare un petit en-cas qu'elle avale sur le pouce et s'installe haut perchée sur son observatoire préféré.

Toute à son espionnage, elle sursaute lorsque l'antique téléphone se met à sonner dans le salon. Surprise, elle tourne la tête si brusquement qu'elle perd l'équilibre.

Dans un ralenti digne du septième art, elle croit jusqu'au dernier moment pouvoir rétablir l'équilibre de son corps vieillissant perché sur le tabouret de bar usé jusqu'à la corde. Ses bras battent désespérément le vide tandis que le siège bascule en arrière, obéissant aux lois de la gravité.

Sa tête heurte le sol carrelé de l'entrée et elle perd immédiatement connaissance.

19

Monopoly

Paris, mercredi 7 juin 1989

Ils ont dû s'inspirer de sa belle-mère lorsqu'ils ont créé le personnage de Cruella chez Disney. La même chevelure hirsute à la coloration douteuse. Les mêmes manteaux de fourrure innommables que Martine a envie de brûler à chaque fois qu'elle en entrevoit un dans les penderies gigantesques de la vieille carne.

Martine ne la supporte plus. Elle se mord les lèvres en permanence pour ne pas hurler et se prend parfois à imaginer un passage à tabac pur et simple dans les recoins les plus sombres de son âme.

Belzébuth trône du soir au matin dans ce fauteuil ridicule au milieu du salon, en bonne reine de l'enfer personnel de Martine. Celle-ci tournoie, tour à tour garde-malade empressée dédiée aux caprices les plus ridicules et souffre-douleur attitré de celle qui ne supporte pas cette situation de dépendance. Parfois, à bout de courage et de patience, Martine se demande pourquoi elle endure, jour après jour, toute cette mesquinerie, ce puits sans fond de méchanceté gratuite.

— Vous savez bien, Martine, que je mange mon jambon avec des cornichons. Déjà que vous ne vous êtes pas foulée, j'ose tout de même espérer un minimum de confort.

Des cornichons. Pour accompagner le jambon.

Dans le Pichon, tout est bon.

Sauf la mère…

Martine, de manière automatique, s'empresse de sortir acheter le fameux pot de cornichons, finalement soulagée, dans la file d'attente de la petite épicerie, de pouvoir souffler un peu, loin de cet endroit qui n'a rien d'un foyer.

Elle sait aussi que, lorsqu'elle reviendra avec le fameux pot de cornichons, la vieille timbrée est capable de lui trouver une nouvelle raison de repartir. Un jour, au meilleur de sa forme, elle lui a fait faire huit fois l'aller-retour dans le même après-midi chez l'épicier.

L'année dernière, Belzébuth s'est prise de passion pour une nouvelle série diffusée en France. *Les Feux de l'amour*. Rien que le titre donne désormais des envies de meurtre à Martine. L'horaire de diffusion, dans la journée, ne convenant pas à Madame Pichon, Martine doit chaque jour enregistrer l'épisode sur le magnétoscope flambant neuf acheté pour l'occasion, afin de le diffuser le soir même durant le dîner.

À dix-huit heures quarante-cinq, Belzébuth s'installe donc face à sa série télévisée et dîne dans un silence religieux, suspendue aux lèvres des actrices aux brushings qui ont sûrement nécessité plusieurs tonnes de laque.

Évidemment, Martine doit quasiment cesser de respirer pour ne pas troubler sa belle-mère lors de son plaisir quotidien. Il ne faut pas faire de bruit. Surtout pas. En même temps, le volume est poussé tellement fort qu'un avion pourrait s'écraser dans le salon que la vieille toupie ne l'entendrait pas. Au moins, pendant l'épisode du jour, Martine n'a pas à souffrir de ses rebuffades.

Et Paul-Henry qui ne dit rien. Lui trouvant l'excuse de son âge, de cette fin de vie qu'il faut rendre la plus douce possible. De tout ce qu'elle a fait pour eux.

Lorsqu'ils évoquent le sujet ensemble, son mari hausse les épaules avec fatalisme.

— Mère ne sera pas éternelle. C'est le moins que nous puissions faire. Nous lui devons tant. Ce n'est pas facile de vieillir seule… Père lui manque terriblement. Et je crois qu'elle aime passer du temps avec toi, en définitive.

Et le débat est clos. La question financière, le fameux héritage Pichon, dont ils ne parlent jamais, est pourtant la véritable raison de cet emprisonnement à perpétuité. L'appartement, l'immeuble tout entier, la boutique, même. Tout appartient à la vieille folle et reviendra le jour venu à Paul-Henry, le fils unique, le fils prodigue. Tant de pognon, c'est indécent. Et ce n'est pas comme si cette vieille peau avait tout fait pour le mériter. Elle a juste tiré le bon gars au grand loto de l'existence.

Souvent, lorsque Martine se prend à avoir ce genre

de pensées, elle se dit que ça lui va bien, tiens, de critiquer Belle-Maman. N'a-t-elle pas fait le même choix en épousant Paul-Henry ?

Paul-Henry qui lui a permis de conserver le magasin que ses parents et leurs parents avant eux ont construit à la sueur de leur front. N'est-elle pas chanceuse de ne pas avoir à se préoccuper de la question financière ?

Elle est finalement aussi inutile que celle qu'elle aime critiquer dans les recoins de son cœur. Rien, dans son existence, ne lui appartient réellement, et surtout pas cet appartement où ils vivent tous les trois. Martine se sent comme une réfugiée, tolérée au sein même de ce qui aurait dû être sa maison.

Belzébuth ne rate jamais une occasion de lui rappeler à qui appartiennent réellement les murs, le lit, la table, jusqu'à la moindre fourchette qu'elle utilise. La plupart du temps, Martine se met en pilote automatique pour ne pas se laisser atteindre par le fiel permanent de sa belle-mère. Elle n'arrive pas à comprendre qu'un homme, un jour, ait choisi en toute conscience de se marier, de faire un enfant, à cette femme plus cruelle qu'une meute de loups. Ça la dépasse complètement.

Pour survivre, en milieu hostile, elle doit fermer son esprit et ne surtout pas se laisser atteindre. Alors, comme une guerre de tranchées, les deux femmes s'affrontent au quotidien à coups de petites perfidies, un sourire hypocrite aux lèvres.

Paul-Henry, incapable de choisir un camp, coincé entre son épouse et une mère qu'il vénère comme une idole, semble ignorer le conflit qui se joue pourtant sous ses yeux. Il n'est pas plus aveugle que celui qui ne veut pas voir.

— Sans moi, votre boutique miteuse, ça fait longtemps qu'elle aurait été rasée pour mettre quelque chose de plus convenable à la place. Mais ça amuse Paul-Henry, alors…

Lorsque Martine est de bonne humeur, elle se prend à sourire en s'imaginant pouvoir tout se permettre ainsi. Cela doit être sacrément agréable de déverser tout ce qui lui passe par la tête, sans aucune retenue. Juste pour le plaisir.

Même accompagnée, Martine se sent souvent seule, pour ne pas dire tout le temps.

Le roulement institué entre la boutique et la garde de sa belle-mère l'oblige à voir finalement peu son mari. Ils se croisent entre deux portes, la plupart du temps. Ses contacts avec l'extérieur sont de plus en plus rares. Heureusement qu'il y a Gabriel, avec qui elle passe de nombreuses heures au magasin, comme une récréation.

Gabriel reste un mystère. Ne répond pas aux questions, qu'elles soient directes ou plus souterraines. Il maintient sur sa vie un voile opaque mais s'intéresse pourtant à celle des autres. Il appelle sans le vouloir la confidence tant il sait écouter. Martine se surprend à lui confier ses doutes, sa fatigue, sa lassitude. Hier encore, elle a lâché :

— Je me sens quotidienne, en fait. Comme Deneuve dans ce film, là, *Les Demoiselles de Rochefort*. Cette phrase est un parfait résumé de ma vie. Je ne suis que quotidienne.

Gabriel a souri, mais plutôt comme par politesse qu'autre chose. Il semble préoccupé ces derniers temps. Encore plus taciturne, si c'est possible.

Martine n'ose imaginer les secrets, les non-dits qui doivent s'agiter sous la surface. Elle entrevoit dans son regard des choses qui ne peuvent atteindre la lumière du jour. Une sorte de tristesse, comme de la boue collée aux basques dont on ne peut pas se débarrasser.

Peu à peu, il est venu habiter le quotidien des Pichon. Au gré de leurs heures de présence auprès de Belzébuth, Paul-Henry et Martine se partagent le jeune homme.

Ils se font même parfois passer des messages *via* Gabriel, messager taciturne de ce couple qui ne se donne plus le temps d'être ensemble. Ils sont le paysage l'un de l'autre, comme un jouet de plus dans le magasin. Un jouet qui ne les amuse plus. Mais qu'on garde comme un doudou, un souvenir précieux. Attachés par des liens qui n'ont plus rien à voir avec de l'amour.

20

Une poule sur un mur

Paris, dimanche 27 octobre 2019

Le livre, flambant neuf, est posé en équilibre précaire sur le rebord du petit muret.

Il y a, au fond de la résidence, un petit jardin minutieusement entretenu par quelques habitants, qui offre aux résidents un petit coin de verdure dans la grisaille parisienne.

Paul-Henry tient son téléphone mobile et donne des directives à un Léon appliqué et très concentré.

— Décale le livre vers la droite. Attends, non. Un petit peu plus sur la gauche. Voilà, parfait ! On ne bouge plus !

Léon exécute les ordres du vieux monsieur en assistant consciencieux. Ils tentent tous deux ce matin de faire la plus jolie photo possible pour illustrer l'article à venir de Paul-Henry sur sa dernière lecture. Le dernier roman de Sophie Hénaff étale sa couverture colorée au titre prometteur, *Poulets grillés*. Paul-Henry l'a lu en une soirée en se poilant devant ce roman policier complètement potache.

Après une dizaine de minutes d'efforts, les deux compères s'assoient sur la murette et détaillent les différentes prises de vue, appliquant divers filtres pour rendre le fruit de leur labeur le plus attrayant possible. Léon, du haut de ses six ans, est de très bon conseil. Paul-Henry s'amuse de son implication.

Depuis la visite du petit garçon, ils passent souvent du temps ensemble. Lola autorise son fils à rendre visite à Paul-Henry pour leur plus grande joie à tous les deux.

— Quand je serai grand, je ferai comme vous, Popaul. Je lirai des livres toute la journée et j'écrirai des chroniques pour les gens. C'est un métier difficile mais c'est poétique, hein ?

Depuis que Paul-Henry lui a expliqué le plus simplement possible ce qu'était la poésie, le petit garçon trouve presque tout *poétique*.

— Je ne sais pas si c'est un métier, Léon. Honnêtement, je ne crois pas qu'on puisse gagner de l'argent ainsi.

— Je crois que l'argent, en vrai, c'est pas très poétique.

Léon semble plongé dans des pensées très sérieuses. Il a la mine concentrée et les lunettes de travers. Quelque chose le turlupine, mais Paul-Henry sait d'instinct qu'il ne faut pas le presser.

Léon reprend, comme pour lui-même :

— J'ai entendu Maman parler de *ça* au téléphone avec Papa. Elle était pas très contente. Je crois qu'il avait oublié de lui donner des sous.

Paul-Henry attend la suite, sans dire un mot, avec

son éternel sourire bienveillant aux lèvres. C'est alors que Léon se met à pleurer à chaudes larmes et se jette dans les bras de son ami. Comme un barrage qui cède brusquement, sans crier gare.

Entre deux sanglots, Paul-Henry comprend alors les raisons de ce chagrin immense et sent son cœur se fissurer.

— Maman a parlé de sous pour la pension. Je veux pas encore partir de quelque part, Popaul. Je veux pas aller en pension, moi. Je suis bien, ici. Je veux pas quitter Chloé. Et je veux pas vous quitter, vous, Popaul ! ajoute-t-il en reniflant bruyamment. Vous êtes mon ami et je vous verrai plus si je vais en pension.

Précautionneusement, Paul-Henry relève la tête du petit garçon, pressée contre sa poitrine.

— Je crois que tu as mal compris, Léon. Je ne crois pas que ta maman et ton papa veuillent te mettre en pension.

Le garçonnet semble boire les paroles de Paul-Henry, comme si ce dernier s'apprêtait à lui révéler les secrets de l'univers, une lueur d'espoir dans le regard. Avec douceur, le vieil homme explique alors :

— Lorsque tes parents parlent de pension, il s'agit de pension alimentaire. C'est une somme d'argent que ton papa donne à ta maman tous les mois pour pouvoir t'acheter des choses, pour que ta maman puisse s'occuper de toi.

En un clin d'œil, Léon passe des larmes à un sourire rayonnant.

— Alors, ils ne veulent pas m'envoyer loin ? Je vais rester là ? Avec vous !

Il bondit du muret et se lance dans une sorte de danse de la joie. Paul-Henry est ému, un peu triste aussi. Il dit alors au petit garçon, le plus sérieusement possible afin qu'il s'en souvienne :

— Je suis ton ami, Léon. Et tu peux tout dire à tes amis. Tout. Tu ne dois jamais garder une crotte sur le cœur.

Léon rit aux éclats devant la formule imagée du vieux bonhomme.

— Ce que je veux que tu saches, mon grand, c'est qu'il ne faut pas garder le chagrin pour toi. Ça prend trop de place, le chagrin, ça étouffe à l'intérieur. Ça fait souffrir pour rien. Les soucis, mieux vaut les partager avec quelqu'un de confiance. Bien souvent, ça leur permet de s'envoler loin, très loin.

— C'est poétique, quoi. Même le chagrin, c'est poétique quand il s'envole, alors ?

Paul-Henry prend les mains du petit garçon et s'adresse à lui d'un air solennel :

— Nous allons faire un pacte, toi et moi.

Léon s'arrête de respirer, captivé par le sérieux de son nouvel ami. Paul-Henry met la main sur son cœur et, d'un ton presque militaire, énonce :

— En ce dimanche, nous faisons le serment de ne pas avoir de secrets l'un pour l'autre. Si quelque chose nous fait de la peine, nous faisons la promesse de venir immédiatement en parler ensemble.

Léon pose à son tour sa petite main sur sa poitrine.

— Je le jure. Je vous dirai tous mes chagrins et vous aussi, Popaul ! Pas de crotte sur le cœur !

Paul-Henry, satisfait, ébouriffe la chevelure hirsute

de Léon puis se lève à son tour. C'est le moment que choisit Lola pour venir à leur rencontre. Arrivée à la hauteur des deux garnements que seulement une soixantaine d'années séparent, elle annonce :

— On va passer à table. Si ça vous dit de déjeuner avec nous, Paul-Henry, il y a de quoi, j'ai fait un poulet grillé !

Paul-Henry et Léon s'adressent alors un regard complice avant d'éclater de rire. Lola, un peu perdue, rit à son tour :

— Je ne sais pas ce que j'ai dit de drôle, là, vraiment…

Léon pouffe encore en attrapant la main de sa mère d'un côté et celle de Paul-Henry de l'autre, et c'est dans un joyeux brouhaha qu'ils partent tous les trois vers l'appartement de Lola.

21

Bataille

Paris, dimanche 18 juin 1989

Martine a accordé sa confiance à Gabriel. Paul-Henry lui a offert son amitié. Au fil des jours, au gré de conversations comme des touches de peinture sur le tableau de leurs existences, il prend de plus en plus d'espace dans la routine du magasin. Observateur privilégié, il entre dans l'intimité de ce couple de commerçants si éloignés de son univers.

Ce matin-là, dans le parc, déjà théâtre de nombreuses entrevues, les trois comparses déjeunent ensemble. Chose rare qu'ils ne peuvent s'accorder que les jours de congé.

Au départ, ni Paul-Henry, ni Martine ne font attention au petit groupe d'ados à quelques mètres du kiosque. Paul-Henry raconte une anecdote croustillante sur le magasin, exagérant un peu pour amuser la galerie.

Les trois jeunes assis sur le banc à côté sont bruyants

comme la jeunesse sait l'être parfois. Vêtus de ces joggings aux couleurs fluo qui font fureur en cette fin des années quatre-vingt, ils ressemblent à des sapins de Noël trop enguirlandés, se dit Martine. Elle ne fait pas vraiment attention à leurs rires et à leurs bavardages, sauf pour s'en agacer de temps en temps.

Paul-Henry, lui, voit bien que Gabriel les surveille du coin de l'œil, aux aguets. Comme s'il sentait une forme de danger dans leur façon de faire tout ce vacarme pour montrer qu'ils existent.

C'est lorsqu'une jeune femme passe à leur niveau que Paul-Henry interrompt son histoire. L'un des trois types lance à la pauvre fille qui presse le pas :

— Roule pas du cul, la route est droite !

Les deux autres éclatent de rire.

Paul-Henry détecte immédiatement le changement d'attitude de Gabriel qui serre les poings et dont les yeux lancent des éclairs.

Martine n'a pas entendu et continue tranquillement de grignoter son sandwich au saucisson. Elle ne comprend pas pourquoi Gabriel se lève d'un coup, en même temps que le groupe bruyant qui s'est mis à suivre la jeune fille en robe jaune.

Paul-Henry pose une main sur son épaule.

— Gabriel…

— Hey, on te cause, toi ! continuent les ados. C'est pas poli de pas répondre, tu sais !

Ils sont tous trois autour de la jeune femme qui essaie tant bien que mal de continuer sa route. Paul-Henry et Martine n'ont pas le temps de faire un geste que Gabriel s'est déjà précipité vers le groupe.

— Foutez-lui la paix ! Elle ne vous a rien demandé.

Les trois enquiquineurs, comme un seul homme, délaissent la jeune femme qui en profite pour se carapater et se tournent vers ce type qui voudrait leur faire la leçon.

— Qu'est-ce que t'as, toi ? On t'a pas sonné ! Dégage de là, ou on…

Il ne finit pas sa phrase que Gabriel le pousse contre le tronc d'un arbre et l'attrape par le col.

— C'est vous qui allez dégager. Et tout de suite.

L'adolescent, écrasé contre l'écorce, a perdu de sa superbe. Ses deux acolytes également. Ils sentent bien qu'ils n'ont pas intérêt à se frotter à ce mec. Ça pourrait dégénérer très vite.

Gabriel, d'un geste vif, relâche le jeune qui se retrouve par terre, les quatre fers en l'air. Le troisième gars lance alors :

— OK, OK. On se calme. On se barre.

Ils détalent sans demander leur reste et ce n'est qu'à bonne distance que le chef de la bande adresse un doigt d'honneur à un Gabriel qui est retourné s'asseoir et ne fait plus du tout attention à eux.

— Vous disiez, Paul-Henry ?

Paul-Henry et Martine le regardent sans savoir quoi dire. Puis celle-ci ne peut s'empêcher de donner son avis :

— Vous n'auriez pas dû intervenir, Gabriel. On ne sait jamais ce qui peut arriver. S'ils avaient eu un couteau, ça aurait pu partir en sucette.

Gabriel ne répond pas. Paul-Henry commente :

— Heureusement qu'il existe encore des personnes comme vous, qui ne réfléchissent pas une heure avant de faire quelque chose. Vous êtes un gars bien.

Le jeune homme ébauche un sourire en retour, tandis que Martine se le tient pour dit, consciente d'être la seule en désaccord avec la scène qui vient de se jouer. Pour détendre l'atmosphère, Paul-Henry s'esclaffe alors :

— En tout cas, il va falloir penser à vous augmenter dans les semaines qui arrivent. Je ne voudrais pas vous contrarier et me retrouver la tête au carré !

Tous trois éclatent de rire, et le moment de gêne s'envole aussi rapidement qu'il s'était installé. Mais Martine reste contrariée d'être la seule à ne pas trouver l'attitude de Gabriel normale. Qui se jette sur les gens comme ça ? Il aurait eu l'air malin, tiens, si la fille qu'il voulait aider s'était retrouvée au milieu d'une bagarre ! Les journaux sont pleins de ce genre de scènes qui ont tourné au vinaigre et qui finissent mal.

Le temps de jeter les emballages et les reliefs de leur pique-nique improvisé, les trois compagnons choisissent de faire quelques pas dans le parc, histoire de digérer.

Martine, toujours agacée par l'absence de soutien de son mari, décide de le piquer un peu :

— Je ne savais pas que tu étais du genre à jouer les super-héros. Dans la même situation, et sans Gabriel, je ne suis pas sûre que tu serais intervenu.

— Ce n'est pas la question, répond Paul-Henry avec un soupçon d'énervement dans la voix. Je trouve ça drôlement courageux, rien de plus.

Gabriel, qui marche quelques pas devant, se raidit, et Martine poursuit plus fort :

— Encore faut-il avoir les épaules pour faire face à

ces trois zozos… Tu n'es pas vraiment du genre bagarreur, mon pauvre Paul-Henry. Mais je ne m'en plains pas. Je sais bien que je n'ai pas épousé Rocky Balboa, et…

N'y tenant plus, Gabriel se retourne vers le couple et interrompt Martine :

— Ce n'est pas bien, Martine, ce que vous faites là. Ça ne regarde personne, vos histoires. Et surtout pas moi.

Il franchit alors la grille du parc et s'éloigne d'un pas pressé dans la rue, laissant les deux époux un peu penauds et les bras ballants sous le soleil de juin.

22

Toupie

Paris, lundi 28 octobre 2019

Martine Pichon gît dans le couloir de son entrée, ombre parmi les ombres.

Le silence et l'obscurité de son appartement l'engloutissent. Les rumeurs de la vie qui s'écoule paisiblement lui parviennent comme un murmure diffus, à l'extérieur de ce lieu qui, finalement, va bel et bien se transformer en sa dernière demeure.

La vieille dame oscille entre instants de conscience et rêve éveillé. Elle s'est cassé quelque chose en se fracassant sur le sol, comme une vieille toupie venue terminer sa course folle contre un mur.

Elle va mourir, là, sur le carrelage. Elle va crever dans cet appartement. Seule au monde. Seule d'avoir voulu dérober un peu de l'existence des autres.

Des larmes de rage lui voilent les yeux et transpercent son état de semi-conscience. Le goût de sel sur ses lèvres vient lui rappeler combien elle a soif, combien elle souffre.

Dans la rubrique des faits divers, elle a lu des histoires de ce genre. Des personnes âgées retrouvées seules, après plusieurs jours. Les voisins attirés par l'odeur de plus en plus nauséabonde qui se dégageait de derrière leur porte. Martine a, comme tout le monde, frissonné devant l'horreur de telles situations.

Et voilà que c'est son tour.

Comment peut-on finir ainsi ? Comme un animal blessé, blessé de n'avoir pas été suffisamment aimé ?

La vieille dame maudit ce foutu téléphone qui d'habitude ne sonne jamais, jamais, jamais. Elle s'est vautrée, bêtement, à cause de cette sonnerie qui l'a fait sursauter. Elle ne peut s'empêcher de s'en vouloir de cette forme d'espoir ridicule qui l'a traversée à ce moment-là. Comme si quelqu'un pouvait l'appeler, elle. Personne ne se soucie de son sort : elle a bien fait en sorte de se tenir éloignée de quiconque oserait l'approcher.

Martine baisse les yeux. Elle constate, sans surprise, que sa jambe fait un angle bizarre. Sa hanche, également, semble vouloir lui hurler sa présence.

Elle sombre, une nouvelle fois.

Quelques minutes, peut-être quelques heures, quelques jours se sont écoulés lorsqu'elle rouvre les yeux. L'appartement plongé dans l'ombre ne lui permet pas de savoir l'heure qu'il est. Toujours la vision du pied du vieux portemanteau de l'entrée. Elle ne peut bouger la tête de peur de s'évanouir de douleur.

Pourtant, il faut qu'elle tente quelque chose. Mais quoi ?

Ses yeux fous fouillent la pièce. Ils crient à la place de cette bouche dont aucun son ne sort, outre ce râle de bête apeurée.

La faim ne se fait pas encore sentir mais la soif, elle, semble gratter son gosier comme du papier de verre. Elle n'arrive pas à déglutir et donnerait cher pour quelques gouttes d'eau. Et dire que l'évier de la cuisine ne se trouve qu'à quelques mètres. Même si elle arrivait à ramper jusque-là, jamais elle ne pourrait se redresser pour l'atteindre. C'est peine perdue.

Martine est faible et son esprit déraille.

Elle croit entendre des voix.

Il y a quelqu'un ? Quelqu'un l'entend ?

C'est dans sa tête. Uniquement dans sa tête.

Belzébuth. Sa belle-mère, pourtant morte et enterrée depuis longtemps, se penche sur elle.

— Décidément, jusqu'à la fin, vous aurez été décevante, ma pauvre Martine. Vous êtes pitoyable. Je ne comprendrai jamais comment mon fils a pu jeter son dévolu sur vous…

Ferme-la, vieille peau.

Martine bat frénétiquement des paupières. Rien d'autre ne peut dépasser la barrière de sa conscience qui vacille. Il n'y a que ses yeux qui puissent encore lui obéir et chasser les fantômes qui viennent danser autour d'elle comme d'ignobles feux follets.

Le chauffage au sol l'enveloppe d'une torpeur de plus en plus étrange. Une rumeur lointaine lui parvient.

De la musique.

Le son provient de chez Paul-Henry.

Couchée là, par terre, vautrée dans son malheur, Martine distingue quelques paroles.

Si je dois tomber de haut, que ma chute soit lente.

Elle en rirait si elle en avait seulement encore la force. Elle aimerait l'avoir en face, là, maintenant, la chanteuse chérie de Paul-Henry, la vilaine fermière, pour lui expliquer ce que c'est que d'être vraiment désenchantée…

23

Les chaises musicales

Paris, jeudi 6 juillet 1989

Gabriel l'attend à la station Convention. Son éternelle cigarette au coin des lèvres, perdu dans ses pensées, complètement fermé aux gens qui passent autour de lui. Paul-Henry le voit de loin et accélère le pas, pressé d'aller à la rencontre d'un bon moment.

En quelques semaines à peine, Gabriel a su se rendre indispensable. Au magasin, évidemment. Mais également auprès de Paul-Henry qui découvre qu'il peut apprécier vraiment autre chose que la compagnie des livres, de sa mère ou de son épouse. Leur rapprochement s'est scellé après ce déjeuner dans le parc, quand Paul-Henry n'a pu retenir son admiration en voyant Gabriel défendre la jeune femme en robe jaune.

Il s'étonne d'avoir pu si rapidement créer un lien qu'il ne définit pas vraiment avec un parfait inconnu.

Lui, le solitaire, n'est pas fâché de découvrir les vertus d'une amitié simple et sans complications.

Les deux hommes ont pris l'habitude d'aller boire une bière, de temps en temps, à différents endroits de la capitale. Gabriel élargit l'horizon de Paul-Henry, littéralement : il le pousse à redéfinir les limites géographiques de son quotidien. Paul-Henry s'aventure de plus en plus au-delà des limites du quartier pour faire découvrir à Gabriel les plus jolis endroits de Paris, s'extrayant lui-même, au passage, de la bulle où il a toujours vécu.

Gabriel, lui, est heureux d'avoir trouvé en Paul-Henry un guide touristique intarissable et qui semble connaître sur le bout des doigts l'histoire de Paris. Il aime le suivre à la trace dans ces rues qu'il ne connaît pas, dans cette ville immense où aucun quartier ne ressemble à un autre.

Après s'être salués, tous deux descendent dans ce métro qui amuse encore le petit provincial qui sommeille en Gabriel. Après un court trajet, ils émergent à la lumière éclatante de ce bel été qui commence à vider la capitale de ses habitants, les remplaçant par des touristes de tous horizons. Ils s'attablent en terrasse, non loin du jardin du Luxembourg, sous un radieux soleil de juillet.

Ils discutent – ou plutôt, Paul-Henry parle beaucoup tandis que Gabriel l'écoute attentivement.

— Vous êtes si passionné lorsque vous parlez de Paris…, finit-il par murmurer.

— J'aime cette ville. J'aime ses habitants. J'aime ses airs de grande dame un peu pompeuse qui cache un petit côté déluré. Paris est à la fois un tout et son exact contraire. La somme des vies minuscules qui l'habitent et font battre son cœur en lettres capitales. Un roman dont l'auteur ne pourra jamais écrire la fin tant tout peut arriver. Rien ne s'achève ici, tout est toujours à recommencer.

Gabriel sourit. Il s'est vite habitué aux digressions en tout genre de son employeur, qu'il a d'ailleurs bien du mal à considérer comme tel. Martine semble, à ses yeux, parfaitement tenir le rôle de patronne, en plus de porter la culotte, même si quelque chose lui dit que Paul-Henry laisse les rênes à son épouse pour mieux la contenter. Ou pour s'excuser de quelque chose, peut-être.

Il en a rencontré des gens, Gabriel, mais jamais comme ce drôle de type.

Paul-Henry exerce sur lui une sorte de fascination. Cette façon d'être quasi transparent, comme s'il n'avait rien à cacher. Lorsque Paul-Henry explique quelque chose, on se sent immédiatement comme dépositaire des secrets les plus anciens de l'humanité. Il y a chez cet homme-là une façon de dire, de faire, qui rend Gabriel dubitatif. Une forme de naïveté. Mais ancrée sur une solide connaissance des choses. Une bienveillance presque calculée, comme un rempart à l'absurdité du monde.

Gabriel entame sa deuxième bière alors que Paul-Henry a à peine trempé les lèvres dans la sienne tant il est occupé à expliquer à Gabriel l'histoire de chacun des pavés qui composent la place.

Ils entendent la femme de loin. D'abord un écho.

Une dissonance. Peu à peu, les cris, qui n'étaient que rumeur, deviennent de plus en plus forts. Tout le monde se tourne vers la source du vacarme qui s'intensifie, s'approche.

Elle est là, comme arrive l'orage. C'est une femme sans âge, la cinquantaine peut-être, le cheveu gris, filasse, les joues rougies par la chaleur et par l'effort qu'elle est en train de faire, à gesticuler ainsi en tous sens.

Elle longe les terrasses, pleines à craquer avec ce beau temps. Parfois, elle s'arrête, elle dévisage un ou deux Parisiens indolents et scande sa mélopée dérangeante :

— La fin du monde ! C'est la fin du monde !

Les clients détournent alors la tête. Encore une vieille foldingue. Paris en a son lot, hélas. Mieux vaut détourner le regard et ne pas voir.

Gabriel, lui aussi, se désintéresse rapidement d'elle, qui s'approche d'un pas hagard vers leur terrasse. Paul-Henry ne l'a même pas remarquée, absorbé par sa description de la cathédrale Notre-Dame.

— La fin du monde !

Gabriel et Paul-Henry sursautent. La sorcière est arrivée à leur niveau et s'est postée juste à côté de leur table. Elle hurle maintenant plus qu'elle ne crie, les yeux exorbités, le souffle court. Comme traquée par une bête innommable, descendue de sa montagne pour prévenir les autres du danger imminent. Il y a de la terreur, mais aussi une haine dévastatrice dans sa voix :

— Je le sais ! J'ai été infirmière, et je sais pourquoi

le sida est là ! Par la faute des homosexuels ! C'est leur punition ! La fin du monde a commencé !

Le brouhaha joyeux s'est éteint. Les clients se jettent des regards en coin. La vieille reprend son chemin, mais a bel et bien réussi son travail de sape.

— Décidément, la bêtise est un puits sans fond, commente un Paul-Henry à peine dérangé par l'interruption de la crieuse.

Il la regarde s'éloigner au coin de la rue et, comme à son habitude, semble lui trouver des circonstances atténuantes.

— La pauvre. Elle est malade. Elle n'a pas toute sa tête. C'est terrible !

Il en rit d'ailleurs, simplement, hausse les épaules et reprend le fil de sa litanie, mais Gabriel, mal à l'aise, n'écoute plus.

Lui regarde cette femme qui vient de s'arrêter au café suivant, et sait qu'ils vont devoir rentrer. La soirée est gâchée. Il est en colère maintenant, même s'il ne sait pas vraiment contre qui. Il n'a plus envie d'être là. Paul-Henry le fatigue, d'un coup.

Il se lève et jette quelques pièces sur la table, en lui coupant la parole :

— Il faut que je file, j'ai des trucs à faire. On se voit demain au magasin. Bonne soirée, et saluez Martine pour moi.

Puis il s'éloigne comme on s'échappe, d'un pas déterminé, la mine renfrognée. En passant à côté de la folle, il se retient de la pousser dans le caniveau.

Après avoir marché quelques pas, déjà il regrette. Il rebrousse chemin, mais lorsqu'il arrive au niveau du café qu'il a quitté cinq minutes plus tôt, une famille joyeuse et bavarde occupe la place qu'il vient de quitter.

Paul-Henry est parti.

Et avec lui le soleil de cette journée.

24

Le jeu des sept erreurs

Paris, mardi 29 octobre 2019

Quelque chose ne va pas aujourd'hui.

Paul-Henry s'est pourtant levé du bon pied, comme d'habitude. Il veille, chaque matin, à toujours poser le pied droit en premier au sol. Habitude ridicule, mais qui fait partie de son cérémonial pour débuter une nouvelle journée. Autant mettre toutes les chances de son côté !

Il a passé environ une heure dans la salle de bains, à se malaxer le visage, à se passer crèmes, pommades et solutions miracles pour avoir bonne mine. Du haut de ses soixante-six ans, il aime à se dire qu'en prenant soin de lui il en fait peut-être soixante. En vérité, ce n'est pas tant l'âge qu'il renvoie que le petit plaisir quotidien de s'occuper de soi qui, chaque jour, le pousse à reprendre, sans se lasser, sa petite routine beauté.

Il a hésité entre deux nœuds papillon, optant finalement pour un bleu turquoise agrémenté de poissons tropicaux. Pas vraiment de saison, mais il avait envie de mettre un peu de soleil dans ce mois d'octobre qui décolorait tout autour de lui.

Comme chaque jour, il a pris son café au bar du coin, il a contemplé ces autres, toujours si fascinants à ses yeux. Sur le trajet, il a croisé deux adolescentes qui riaient sous cape, bras dessus, bras dessous, et a eu envie de connaître la raison de leurs éclats de rire. Évidemment, il ne les a pas dérangées. Elles avaient bien d'autres choses en tête que d'expliquer à un vieux schnoque quelque chose qu'il ne comprendrait sûrement pas. Mais le simple fait de les voir si joyeuses avait encore une fois illuminé sa journée. C'est beau, la jeunesse !

Ce n'est qu'une fois rentré dans le calme de son appartement que la sensation de malaise est apparue. Quelque chose cloche. Définitivement.

Il a bien tenté de se plonger dans un bouquin, mais il n'arrivait pas à rentrer dans l'histoire. De guerre lasse, il a fini par se lever de son fauteuil préféré de lecture, celui sur lequel sa mère, des années en arrière, aimait à passer ses journées, reine en son royaume.

Il l'a sur le bout de la langue, ou plutôt dans un coin de son esprit. Mentalement, il refait son trajet. Et là, l'illumination vient.

Le magasin.

La boutique de Martine est fermée !

Un mardi. C'est tout bonnement impossible.

Le vieil homme éteint sa platine où un bon vieux trente-trois tours de Mylène Farmer tourne inlassablement. Troublé, il ne prend pas le temps de remettre le disque dans sa pochette. Il tend l'oreille, attentif aux bruits qui pourraient lui parvenir de l'appartement voisin.

Juste le silence. Angoissant. Inexplicable.

Non pas que Martine fasse un ramdam de tous les diables en temps normal, mais lorsqu'elle est chez elle, Paul-Henry perçoit les mille bruits d'un quotidien solitaire. Télévision en sourdine, chasse d'eau que l'on tire, vrombissement d'un aspirateur antédiluvien. Toutes sortes de bruits dont l'absence devient d'un coup inquiétante.

Paul-Henry ne sait pas trop quoi faire. Cela ne le regarde pas, mais une angoisse sourde commence à l'étreindre.

Il ressort dans la rue et se poste devant le magasin de jouets.

Rien sur la devanture. Juste la grille fermée à double tour. Les éternels articles en vitrine, jouets agonisant depuis des lustres, comme pour faire fuir le moindre client. Martine n'a pas dû bouger quoi que ce soit depuis plusieurs années…

Martine n'est pas venue ce matin.

Il y a de quoi s'inquiéter. Son épouse est toujours là. Toujours.

Paul-Henry traverse une nouvelle fois la rue, préoccupé, et retourne dans l'immeuble. La porte d'entrée de l'appartement de Martine est fermée. Il colle son oreille contre le bois pour tenter de détecter un signe de vie. Le silence est total. Il reste là quelques minutes, ne sachant que faire.

Est-ce un gémissement qu'il vient d'entendre ?

Il doit en avoir le cœur net. Il file chez lui, la porte à côté, et met une bonne dizaine de minutes à retrouver le double des clefs.

Ils se sont confié, il y a des années de cela, un double de leurs appartements respectifs. Pour les urgences.

Il n'a jamais utilisé le fameux sésame, vu leurs relations tout sauf cordiales. C'est la raison pour laquelle il met un temps fou à retrouver la clef au fin fond d'un tiroir.

Une fois dans le couloir, il hésite. Oui, il est inquiet, mais il redoute encore plus d'affronter Martine sur son propre terrain. S'il pénètre dans l'appartement et la trouve là, occupée à on ne sait trop quoi, il n'imagine même pas ce qu'elle va lui mettre.

Précautionneusement, il insère la clef dans la serrure, interrompt son geste pour tendre à nouveau l'oreille, puis, dans un élan de bravoure, tourne complètement le verrou.

Les époux Pichon viennent enfin de se retrouver.

25

Coloriages

Paris, mardi 29 août 1989

— Tu as combien de tatouages ?

Paul-Henry vient de poser la question à Gabriel. Ils sont tous deux dans la cave minuscule du magasin. La chaleur y est étouffante, et Gabriel porte un débardeur blanc qui laisse apparaître des bribes de dessins mystérieux à différents endroits de son corps. Il travaille sur un vieux train électrique et Paul-Henry lui tient compagnie, une bouteille de bière à la main.

— J'aime l'idée de préserver certaines choses, répond-il. Et comme j'ai la tête dure, je préfère me le noter sur le corps. Comme ça, pas de risque d'oublier ce en quoi je crois vraiment…

Comme à l'accoutumée, il parle avec un sérieux qui laisse Paul-Henry perplexe. Il ne sait jamais si le jeune homme plaisante ou pas. Cela fait tout son mystère. Cette façon de rire de tout, surtout de lui-même, sans même l'ébauche d'un sourire.

— Ça ne te dirait pas, toi ? demande Gabriel.

Ils en sont venus à se tutoyer, au grand étonnement d'un Paul-Henry habitué à garder les distances par la force d'une éducation rigide dont il ne peut se défaire.

— Je craindrais trop d'avoir mal, admet-il.

— Oui, tu es en sucre, toi. Tu ne supporterais pas, c'est sûr.

Gabriel lâche sa sentence sans méchanceté. Et Paul-Henry ne le prend pas mal. Venant de n'importe qui d'autre, il se serait peut-être vexé. Mais dans la bouche de Gabriel, il sait qu'il n'y a pas de malice et surtout, un fond de vérité. Une façon de dire combien il le connaît bien maintenant. Jusque dans ces infimes nuances qui font un homme.

Gabriel repose la locomotive qu'il est en train de rafistoler et se tourne vers Paul-Henry.

— J'ai commencé à l'armée. Un pari à la con. Je me suis fait tatouer un dragon, pour faire le malin. Maintenant, je trouve ça un peu nul, mais ça me rappelle le minot que j'étais à dix-huit ans. Je trouve que je lui dois le respect, alors je suis content lorsque je tombe sur mon dragon un peu moche dans le miroir. Ça me fait sourire. S'il y a bien quelqu'un à qui je suis fidèle, c'est mon ancien moi. C'est peut-être le seul, d'ailleurs… Je ne suis pas un mec bien. Pas un type comme toi.

Il tend son bras, en souriant, vers Paul-Henry, et continue à lui parler de ces dessins, à fleur de peau, qui le racontent mieux que n'importe quel discours. C'est un charivari, un livre ouvert, des morceaux de vie aux couleurs un peu criardes.

Paul-Henry est fasciné. Gabriel ne ressemble à personne. Cette liberté farouche, dangereuse, chevillée au corps. Paul-Henry n'a jamais rencontré quelqu'un de sa trempe. Gabriel a le courage de ses défaillances. Il se tatoue même sur le corps tout ce qui fait ses contradictions.

Les deux loups. Un sur chaque épaule.

— C'est une légende, indienne, je crois. On me l'a racontée quand j'étais môme, et elle m'a marqué. Elle raconte que nous avons deux loups qui cohabitent en nous. Deux bêtes sauvages qui se battent en permanence. L'un représente la peur, et l'autre, l'amour. Et toute notre vie, ils se battent l'un contre l'autre. Et la morale de l'histoire, c'est que c'est celui que l'on décide de nourrir qui gagne. Je crois que je ne sais pas encore lequel va gagner à la fin…

— C'est une belle légende. J'en ai entendu parler. Et je suis persuadé que c'est l'amour qui doit vaincre.

Gabriel sourit avec ironie. Paul-Henry boit une gorgée de sa bière, fait la grimace. Le liquide, devenu tiède, presque chaud, lui laisse une amertume sur le palais.

— C'est qui, Lola ?

Paul-Henry a posé la question à voix basse, comme s'il savait que le sujet était douloureux. Au milieu des hiéroglyphes, il a réussi à décrypter ce prénom, là, au niveau du biceps de Gabriel. Il l'avait déjà remarqué à plusieurs reprises, mais n'avait jamais osé demander.

Lola.

Gabriel ne répond pas tout de suite.

Il vrille son regard dans celui de son patron, et c'est

de la colère qu'y voit brûler Paul-Henry. Comme si Gabriel allait le frapper. Pour avoir osé prononcer ces deux minuscules syllabes.

Lo – la.

Paul-Henry, le souffle court, voit les émotions défiler sur le visage de Gabriel. La fureur disparaître. Comme si Gabriel se rendait compte que Paul-Henry avait le droit de poser la question, faisant de lui un privilégié.

Il reprend la vieille locomotive entre ses doigts et commence à la démonter avec une sorte de petit tournevis. Paul-Henry n'a jamais su nommer les outils qui encombraient depuis toujours la cave du magasin. Il l'observe, dans cet espace confiné, fasciné par la délicatesse des gestes de ce géant aux mains immenses et pourtant si agiles.

Ce n'est qu'au bout de quelques minutes de ce manège silencieux que Gabriel finit par répondre, le dos tourné :

— Lola ? Lola, c'est ma fille.

Paul-Henry ne dit rien. Il a le sentiment que Gabriel prononce ces mots à haute voix pour la première fois. Son ami se tourne alors vers lui, une lueur lointaine dans le regard, presque étonnée.

— Oui, Lola, c'est ma fille. Mais je ne la connais pas. Je suis parti bien avant sa naissance. Je connais juste son prénom. Fin de l'histoire. Je ne suis pas un type bien. Je te l'ai dit. Mieux vaut ne pas m'approcher de trop près. Je n'ai pas tatoué ces loups par hasard sur mes épaules. Je suis un loup pour ceux qui m'approchent.

Il a les poings serrés, le visage fermé, mais ses yeux le trahissent. La peine qu'ils abritent est incommensurable. Le dégoût de lui-même semble avoir empli l'atmosphère comme un venin.

Paul-Henry ne comprend pas, alors, ce trouble qui l'envahit tout entier. Cet élan vertigineux, impossible à contrôler. Est-ce l'alcool qui lui monte à la tête, lui qui ne boit que pour les grandes occasions ?

En cet instant, il est comme au bord d'un gouffre aux yeux noirs, hypnotisé par ce vide immense qui semble prêt à le remplir tout entier. En cet instant, il brûle comme cela arrive peu de fois dans une vie. Comme cela n'arrive peut-être jamais pour la majorité des gens. Il se sent à la fois follement prêt et terrorisé par les secondes à venir. Peut-être que, pour la toute première fois, il palpite de vie.

Gabriel se détourne du train électrique, voit l'émotion sur le visage de son ami.

— Paul-Henry ?

Dans un murmure, Paul-Henry laisse échapper, comme si cela justifiait ce qui était en train d'arriver :

— La vie est un poème, Gabriel.

Et lorsque Paul-Henry Pichon, avec une brute délicatesse, effleure les lèvres de Gabriel Champion, il sait déjà qu'il est en train de commettre la plus belle erreur de sa vie, de celles qu'on ne regrette jamais, quelles que soient les conséquences. De celles qui, pourtant, dévastent, sans possibilité de retour en arrière.

Puis il s'abandonne, tout entier, à ce goût de tabac et d'interdit mêlés.

Partie 3

HIER, AUJOURD'HUI ET DEMAIN

« Ce n'est pas ta faute, c'est ton héritage
Et ça sera pire encore quand tu auras mon âge
Ça n'est pas ta faute, c'est ta chair, ton sang
Il va falloir faire avec ou plutôt sans
Mon enfant
Mon enfant. »

« Ton héritage », Benjamin Biolay

26

Cadavre exquis

Paris, lundi 15 mars 2049

Dis, Maman, tu reviens quand ?

Devant lui, une petite femme, la cinquantaine bien tassée et le cheveu fou, lui tend un exemplaire apparemment lu et relu de son premier roman, un livre qu'aujourd'hui il a un peu de mal à assumer. Qu'importe. Ce n'est pas à lui de décider si ses romans sont bons. Ce sont ses lecteurs les seuls juges. Ce qu'il écrit, une fois publié, ne lui appartient plus.

Lorsque le vieil homme pénètre dans la librairie, Léon le remarque immédiatement. C'est d'abord quelque chose d'impalpable, un changement dans l'atmosphère, un courant d'air imperceptible. Léon lève la tête du livre qu'il est en train de dédicacer et jette un œil vers l'entrée.

Assis dans un fauteuil roulant, l'inconnu se tient droit, autoritaire. Il guide avec des gestes précis la jeune fille qui se cache derrière lui, poussant son fauteuil avec un air d'angoisse.

Léon les observe quelques secondes et s'amuse de cette sorte de tango millimétré entre cette pauvre fille un peu inquiète et l'homme handicapé qui mène la danse d'une main de fer. Si ses jambes ne le portent plus, il maîtrise complètement l'espace qui l'entoure.

Léon s'étonne du modèle du fauteuil. Il n'en a jamais vu de pareil, ou alors il y a très longtemps. Aujourd'hui, ce genre d'appareil est motorisé, permettant d'évoluer avec souplesse grâce à des commandes tactiles et des systèmes vocaux terriblement ingénieux.

L'homme et son accompagnatrice prennent leur place dans l'interminable file qui serpente dans la librairie exiguë. Léon ne les distingue plus vraiment dans la foule de visages.

C'est un discret toussotement de Caroline, qui représente ce soir sa maison d'édition, qui le ramène à la réalité. Toujours bienveillante, elle le rappelle à ses obligations immédiates, veillant sur son poulain.

Léon détourne à contrecœur le regard de ce drôle de duo et revient à ses moutons.

Il s'empresse d'adresser son plus beau sourire à la petite femme qui se tient toujours devant lui, un peu tourneboulée, et qui arrive, au prix de grands efforts, à balbutier quelques mots inaudibles. Léon entreprend de lui dédicacer son exemplaire et la lectrice échevelée récupère son précieux bien, émue et reconnaissante.

Léon vient de publier son quatrième roman et, pourtant, il ne s'habitue pas.

Après des mois de travail en solitaire, coincé entre

son clavier et des personnages qui n'existent que dans sa tête fiévreuse, la sortie d'un livre a quelque chose de merveilleux et de vertigineux à la fois. Une délivrance et une déchirure. La fin d'une période de sa vie. Lorsqu'il laisse les autres cueillir à pleines mains le fruit de son imagination. Ses héros de papier vont partir rejoindre des milliers de foyers, prendre place sur les étagères de ces bibliothèques inconnues. Ils vont plaire, ils vont se faire critiquer. Ils n'auront plus besoin de lui.

Pour Léon, les dédicaces sont des récréations. Des moments inoubliables qui lui offrent la force d'écrire le prochain roman. Il se dit pourtant, lorsque le travail est terminé, qu'il ne saura pas faire une autre fois. Que c'est la dernière fois. Qu'il n'a plus rien à raconter.

Il profite de cette chance. Celle d'être lu. Il embrasse chaque seconde, chaque sourire, chaque émotion fugitive dans les regards de ceux qui ont fait le déplacement pour le rencontrer. Il aimerait réellement prendre le temps avec chacun d'entre eux. S'il le pouvait, il les inviterait à dîner, à boire un verre, ou à simplement s'asseoir sur un banc. Pour les connaître. Pour leur dire merci de lui offrir une voix et de la porter chaque jour un peu plus loin.

Souvent, ce sont les mêmes phrases, les mêmes déclarations, et pourtant chacune d'entre elles le touche profondément.

— J'ai adoré votre livre.

— Je vous aime beaucoup.

— J'ai pleuré, vous savez. Votre livre m'a fait penser à ma mère.

— J'ai fait une heure et demie de train pour être là aujourd'hui.

— J'achète quatre exemplaires pour les offrir à Noël à tous mes proches. Vous pouvez écrire « Pour Tata Claudette » ?

Souvent, Léon ne sait quoi répondre. Il remercie de toute sa voix, de toute son âme. Les mots lui paraissent bien dérisoires dans ces moments-là. Lui qui les enchaîne dans ses romans ne trouve jamais ceux qui sauraient expliquer ce qu'il ressent face à ces inconnus si bienveillants.

Si l'exercice de la dédicace n'a rien de compliqué, il en ressort chaque fois complètement lessivé, vidé de lui-même et rempli de ses lecteurs. Comme si chacun déposait en lui une infime part de lui-même en souvenir.

Les jours qui suivent une séance, Léon dort comme un bienheureux.

Il ne compte pas le nombre de livres où il griffonne cette signature qui n'est pas vraiment la sienne. Il a dû s'en fabriquer une nouvelle de toutes pièces puisqu'il utilise un pseudonyme.

Lors de la parution de son premier roman, sa femme s'était inquiétée du fait qu'un fan dérangé puisse récupérer leur adresse et toquer à leur porte. Léon ne s'était pas attendu à caracoler en tête des ventes dès le deuxième livre, mais elle n'avait jamais douté du succès à venir. Malgré tout, il aime à se dire que ses lecteurs sont des gens bien et que jamais ils ne le harcèleraient. Sans se l'avouer, il se sent un peu responsable de ceux qui affectionnent sa prose. Lorsqu'il sonde son cœur de cette manière, il finit par se trouver bien vaniteux d'avoir de telles pensées. Comme s'il pouvait avoir la moindre influence…

Le vieux monsieur, qui lui était sorti de l'esprit, est maintenant posté devant lui.

Lui dans son fauteuil, Léon assis sur sa chaise, ils sont au même niveau, et leurs regards se croisent pour la première fois. À cette seconde, Léon entrevoit dans les yeux noirs de l'inconnu un peu de son propre reflet. Les yeux de sa mère.

Comme s'il avait compris ce qui était en train de se passer dans la tête de Léon, le vieil homme se racle la gorge puis lâche, d'une voix étonnamment claire pour son grand âge :

— Bonjour. Je m'appelle Gabriel, Gabriel Champion.

Il laisse planer les spectres qui débarquent au beau milieu de la librairie et enchaîne alors, comme un aveu :

— Je suis ton grand-père.

Léon ne prononce pas un mot. Assommé, même si tout son corps avait déjà compris avant même que Gabriel n'ouvre la bouche.

Ces souvenirs qui ne lui appartiennent même pas semblent vouloir envahir d'un seul coup tout l'espace, le privant d'oxygène. Il se sent tomber alors que tous deux restent immobiles, comme des statues de marbre.

Son grand-père finit par parler à sa place pour ne pas prolonger ce silence follement inconfortable.

— Je n'ai pas lu tes livres. J'imagine bien que je dois être le salopard dans une de tes histoires. Je n'ai pas besoin de savoir ce que tu as fait de moi. Mais je vais sûrement bientôt passer l'arme à gauche et j'avais envie de te saluer. Si ça te chante, je t'attends au café d'en face. Et si tu ne viens pas, je comprendrai. Fais comme tu veux.

Il fait signe à la jeune fille, dictatorial, afin qu'elle le ramène vers la sortie.

Léon le regarde partir, médusé. Il vient d'expérimenter une formule toute faite qu'il aime utiliser dans ses romans : le temps semble s'être figé.

La réalité reprend d'un coup ses couleurs lorsque les deux étrangers referment derrière eux la porte de la librairie. Léon est comme propulsé dans un présent qu'il avait abandonné sans s'en rendre compte.

Il achève la séance de dédicaces, complètement ailleurs. L'irruption de cet homme dans sa vie est complètement incongrue. Comme un personnage de roman apparu dans la réalité.

Durant la dernière heure de la rencontre, il se voit obligé de redemander plusieurs fois les prénoms, il se trompe même à diverses reprises, au grand désarroi de ses fidèles lecteurs et de Caroline qui ne se départit pas pour autant de son sourire. En bonne professionnelle, elle est habituée aux sautes d'humeur de ces artistes qu'elle côtoie tous les jours. Léon, dans un effort suprême, essaie de se concentrer, car il risque de décevoir ces gens qui sont venus le voir et qui n'ont rien demandé. Il ne peut pas leur expliquer ce trouble, ce fantôme qui vient de surgir devant lui.

Il sourit, mécanique et appliqué, en jetant des regards rapides vers la rue, pressé et à la fois peu désireux d'en finir pour rejoindre cet homme qui a gâché la vie de tous ceux qui ont eu le malheur de croiser sa route.

27

Poule, renard, vipère

Paris, mardi 12 septembre 1989

— Hors de question !

Gabriel a donné sa réponse à Paul-Henry d'une voix calme, posée. Avec cependant un soupçon de colère dans la voix. Une fin de non-recevoir qui ne tolère aucune objection.

Paul-Henry ne s'avoue pas vaincu pour autant. Il s'est habitué aux rebuffades de Gabriel.

— Je ne vois pas ce qui te gêne. L'argent n'est pas un problème pour moi. Et je n'en ai pas honte.

— Je ne veux pas. Un point, c'est tout.

Gabriel froisse rageusement l'emballage de son sandwich, se lève des marches du kiosque où les deux hommes s'étaient assis pour prendre leur pause déjeuner, et va le jeter dans la poubelle.

Paul-Henry, penaud, se triture les mains. Il ne sait pas comment convaincre Gabriel d'accepter son offre.

Évidemment, à froid, cela paraît énorme. Qui donne, comme ça, entre deux bouchées, un appartement en plein Paris à quelqu'un qu'il ne connaît que depuis quelques mois ? Pourtant, Paul-Henry n'a pas le sentiment de faire une erreur. Il est suffisamment honnête avec lui-même pour savoir que c'est un moyen détourné de garder Gabriel auprès de lui pour longtemps. S'il sonde son cœur, il peut reconnaître que le stratagème est quelque peu éventé, presque désespéré. Il ne sait que trop bien que Gabriel n'est pas de ceux qu'on met en cage, qu'on domestique gentiment.

Il a aussi conscience que cela engendrerait de nombreuses questions de la part de Martine ou de sa mère. Il n'en a que faire. L'amour, puisque c'est bien de cela qu'il s'agit, ne se suffit qu'à lui-même. Pour la première fois de sa vie, Paul-Henry se sent prêt à braver la terre entière pour prolonger à l'infini ces journées à la saveur si particulière.

Gabriel se rassoit lourdement à ses côtés, plongé dans un silence têtu.

Paul-Henry tente une nouvelle salve :

— Tu habites déjà dans l'appartement. Ça ne change absolument rien. C'est juste une histoire de papiers à signer. Ça ne t'engage pas. C'est juste que j'en ai envie. Que je veux te faire ce cadeau.

Il avance en terrain miné. Il ne doit pas mettre des mots sur les sentiments qui l'habitent en permanence, sur cette passion irraisonnée qui est venue le renverser sans crier gare. Gabriel a mis les mains dans les poches de son jean et sourit, un peu moqueur.

— J'imagine que tu n'offres pas comme ça un toit au premier venu. Je devrais me sentir flatté mais je ne fais pas la manche.

Paul-Henry s'engouffre dans la brèche que lui laisse Gabriel.

— Qui parle de charité ? Je possède je ne sais combien d'appartements, j'ai bien le droit d'en faire profiter quelqu'un de spécial, non ?

— C'est un cadeau que tu veux me faire, ou une corde que tu veux attacher à mes poignets ? Tu as peur de quoi, Paul ?

Gabriel se lève un peu brusquement.

— Allez, assez bavardé, il faut retourner au magasin. Martine doit prendre son tour.

À l'évocation de son épouse, Paul-Henry capitule immédiatement. Une chape lourde comme les remords qui le tiennent éveillé la nuit lui tombe une nouvelle fois sur les épaules.

Lorsqu'ils arrivent au magasin, Martine leur adresse un sourire joyeux.

— Tiens, voilà enfin les inséparables ! On va finir par vous marier tous les deux !

Paul-Henry sent le rouge lui monter aux joues. Sa femme se moque gentiment, sans malice, heureuse de voir son solitaire de mari tisser de vrais liens amicaux avec quelqu'un d'autre qu'elle.

Elle attrape son manteau et sort en coup de vent. Gabriel, lui, rejoint sa cave et ses menues réparations, laissant Paul-Henry ruminer derrière le comptoir.

Il est épuisé, tourmenté par les sentiments contraires qui l'assaillent en permanence. Il n'y a guère que lorsqu'il est en compagnie de Gabriel que son esprit lui laisse un peu de répit.

Gabriel remet toutes ses pendules à l'heure, au rythme de l'horloge de son cœur.

Le reste du temps, Paul-Henry se sent terriblement minable. Des mots terribles tournent dans son cerveau en surchauffe. Liaison. Mensonges. Trahison. Et pourtant, il est pris dans cet étau, celui des bras de Gabriel lorsqu'ils s'abandonnent l'un à l'autre.

Évidemment, il se pose aussi la question terrible. Pourquoi Gabriel ? Pourquoi un homme ?

Peut-être parce que Gabriel est l'opposé de Paul-Henry lui-même. L'autre versant d'un territoire inexploré. Une terre dangereuse, mais sur laquelle il pourrait construire sa vie entière, à l'abri du regard des autres.

Paul-Henry déraisonne, imagine une fuite, loin de ce Paris qui maintenant l'étouffe. Il se surprend à rêver de campagnes reculées, de grands espaces où ils seraient seuls au monde.

La plupart du temps, ses rêveries lui paraissent tellement réelles, tellement envisageables. Elles lui donnent le vertige et un goût amer dans la bouche.

Pourtant, il lui suffit de savoir que Gabriel est là, en bas des marches qui mènent à la cave, pour le rendre heureux malgré les nombreuses ombres au tableau.

28

Cluedo

Paris, vendredi 1er novembre 2019

Clarisse et Lola se tiennent, un peu intimidées, sur le seuil du magasin de jouets.

Elles ne savent pas par où commencer. Elles ont promis à Paul-Henry d'aider à vider la boutique de tout son bric-à-brac, puisque Martine a décidé de s'en séparer enfin. Une vente aux enchères va être organisée afin de se débarrasser de tous ces jouets oubliés qui dorment dans la poussière depuis bien trop longtemps. Il faut faire du tri et bazarder ce qui ne pourra être proposé. C'est un sacré chantier qui les attend là, et Lola se sent déjà découragée face à l'ampleur de la tâche.

— C'est moi ou ça schlingue, ici ?

Clarisse, au milieu des étagères pleines à craquer, se bouche le nez en prenant un air dégoûté.

— J'avoue que ça ne sent pas la rose, acquiesce Lola en promenant un regard curieux autour d'elle.

— Ça sent le chagrin et le parfum bon marché,

je trouve. Et puis, ces jouets… Ne me dis pas que quelqu'un aurait envie d'acheter quoi que ce soit ici ! Même le grenier de nos parents est plus accueillant…

Lola se retrousse les manches et décide de commencer par faire la poussière pendant que Clarisse passe derrière le comptoir et s'amuse à imiter Martine :

— Bonjour, madame ! Veuillez déguerpir immédiatement de mon magasin. Ceci est un musée personnel, et on ne peut rien acheter ! C'est par là, la sortie ! Allez, allez, on dégage !

Lola ne peut s'empêcher de rire tant sa sœur imite parfaitement bien la voix de Martine Pichon dans ses œuvres.

— Arrête, Clarisse ! Si elle t'entendait. Ça doit lui faire de la peine de quitter ce magasin, elle y a tout de même passé toute sa vie ! C'est triste de mettre son existence aux enchères, comme ça.

— Je ne suis pas certaine que ce soit une mauvaise chose.

Lorsque Paul-Henry a trouvé son épouse gisant dans son appartement, il s'est empressé de monter chez Lola qui papotait tranquillement avec Clarisse autour d'un verre.

Les deux sœurs se sont alors précipitées au rez-de-chaussée et ont pris le relais d'un Paul-Henry dépassé par les événements. Il est resté auprès de la vieille dame, fébrile et tendre à la fois, pendant que Clarisse et Lola appelaient les secours.

Il est monté avec Martine dans l'ambulance tandis que les filles se ruaient vers le métro pour les rejoindre à l'hôpital.

C'était la première fois depuis des années qu'ils se retrouvaient si proches, dans l'espace restreint du véhicule. Penché sur Martine, dans les vapes, Paul-Henry a murmuré ces mots qu'il avait tant ravalés :

— Pardon, Martine. Pardon.

Martine va devoir rester hospitalisée quelque temps, mais s'en sortira.

À son réveil, elle a même fini par rompre un silence qui avait duré une trentaine d'années pour confier à Paul-Henry qu'elle ne voulait plus remettre un pied au magasin.

Ils ont alors décidé tous les trois, après une réunion de crise, de se débarrasser de la boutique le plus rapidement possible. Le vieux monsieur a contacté un commissaire-priseur de sa connaissance afin d'entamer les démarches avant que Martine ne sorte de l'hôpital. Lola et Clarisse se sont proposées pour commencer à évacuer le fatras.

— C'est quoi, cette porte ? Tu crois que la vieille Martine cache un cadavre dans son musée ?

Clarisse entrouvre la porte qui mène à la cave et s'engouffre aussitôt dans l'escalier étroit qui semble mener aux enfers. Lola, qui n'a pas vraiment envie de rester seule en haut, la suit d'un pas hésitant.

En bas, c'est encore pire. Des cartons partout. Un bazar invraisemblable. On ne peut pratiquement pas bouger. Clarisse en ouvre un. Il contient des cahiers numérotés. Lola, derrière sa sœur, en entrouvre un autre, rempli également de cahiers.

— Il y en a combien, comme ça ?

Elle attrape un des ouvrages au hasard et commence à le feuilleter.

D'une écriture appliquée, l'auteur, qui n'est autre que Martine Pichon, détaille la vie quotidienne de ses voisins, comme un journal de bord. Des pages et des pages remplies de noms inconnus, de prénoms oubliés, d'observations insignifiantes. Parfois, on peut trouver des tableaux détaillant le nombre et la nature des allées et venues d'habitants de l'immeuble ou de la résidence.

Lola sent un frisson la parcourir devant le vide et la détresse qui émanent de ces notes.

— Mais c'est de la folie. On dirait qu'elle a tenu ces registres pendant des années. À quoi ça pouvait bien lui servir ?

Clarisse, pour une fois, ne trouve pas matière à plaisanter. Il y a quelque chose de tellement pathétique devant ce temps perdu à consigner l'inutile.

Lola, quant à elle, assise dans la poussière sur le sol froid de la cave, se sent comme prise de vertige. Elle comprend, elle, cette façon de fuir la réalité. Cette façon de tuer le temps pour ne pas finir folle.

Elle tremble de tous ses membres devant l'étendue de ces écrits. Toute une vie de tristesse et de rancœur. Clarisse farfouille dans les cartons jusqu'à retrouver le premier volume de la longue série.

— Elle a commencé à rédiger ses rapports en 1990. Ça correspond à ce que tu m'as raconté. Juste après sa séparation d'avec Paul-Henry, après le départ de Gabriel de leurs vies à tous les deux. Je me demande si elle n'était pas, elle non plus, tombée sous le charme du bellâtre… Regarde, il y a une photo, glissée dans les premières pages…

Clarisse tend alors une photographie fanée où on reconnaît un Paul-Henry plus jeune, toujours élégant. Martine, elle, est méconnaissable puisqu'elle sourit à l'objectif de toutes ses dents. L'homme qui semble tenir à bout de bras l'appareil photo, à une époque où les selfies n'existaient pas, est plutôt beau gosse.

— Il ressemblait à Johnny Depp à l'époque, non, ton géniteur ?

Clarisse essaie de plaisanter, mais Lola sent la gêne derrière sa bonne humeur.

C'est la première fois que Lola voit à quoi ressemblait Gabriel Champion. C'est la première fois qu'elle voit son père.

Pour se donner une contenance, elle attrape d'une main tremblante un autre des carnets de Martine Pichon.

17 h 34 : Anthony F. Rentre du travail.

18 h 23 : Le chien du troisième aboie encore.

18 h 45 : L'autre con rentré. Mylène Farmer en boucle…

Lola s'arrête brusquement sur une page.

Sébastien L.

Elle aussi, la semaine dernière, a ajouté à son répertoire un Sébastien L. Bien sûr, elle ne l'a jamais rappelé. Elle n'en rappelle jamais aucun.

Le Sébastien L. de Martine apparaît sur une période de six mois. Il rendait visite, tous les jeudis apparemment, en 1994, à une certaine Marie-Claire R., le tout sans que l'époux de Mme R. soit au courant. C'est ce que Martine a noté au stylo rouge, rageusement, dans les marges du cahier. *Pierre R. absent. Elle trompe son mari !*

Lola pense à son Sébastien L. à elle. Évidemment, elle ne l'a connu que quelques heures mais elle se demande s'il avait une Marie-Claire à ses côtés. S'il préférait le thé ou le café.

La longue liste de Martine Pichon ressemble au répertoire téléphonique de Lola. Le même vide absolu, la même tentative d'aller vers les autres tout en restant en retrait. Tout en ne vivant absolument rien. Juste un inventaire.

— Qu'est ce qui t'arrive, Lola, on dirait que tu as vu un fantôme ?

Clarisse s'est approchée de sa sœur et s'inquiète de la voir si pâle.

— Ce n'est rien, Cla, rien du tout. Je crois que moi aussi, je dois faire un peu de ménage dans ma vie.

29

Le premier qui rira

Paris, lundi 15 mars 2049

Gabriel Champion a tenu sa promesse et attend Léon dans le café.

De l'extérieur, Léon l'observe un peu, le temps de reprendre son souffle et de calmer son cœur qui bat la chamade.

Puis il s'arme de courage et entre d'un pas résolu. Il se dirige directement vers son grand-père, attrape une chaise à la table voisine et s'assoit face à lui.

La jeune femme lui sourit et, avec un léger signe de tête, se lève et se dirige vers la sortie. Léon a juste le temps de la voir porter à ses lèvres une cigarette électronique avant que son attention revienne sur celui qu'il est venu rencontrer.

Le vieux monsieur s'éclaircit la gorge et lance d'un ton agressif :

— Ça ferait une bonne fin pour un de tes bouquins, non ? Le retour du salaud que tout le monde pensait mort et enterré. C'est vendeur ! Il manque un vrai méchant dans ton roman, je trouve.

— Je croyais que tu ne lisais pas mes livres ?

D'autorité, Léon a tutoyé cet homme. C'est son grand-père, après tout.

Gabriel Champion ne semble pas gêné d'avoir été pris en flagrant délit de mensonge.

— Celui-là, je l'ai feuilleté, j'avoue. On ne peut pas faire autrement, on le voit partout. Et puis c'est quand même mon nom qui s'étale sur cette couverture criarde, non ? Léon Champion…

Léon le fixe sans rien dire.

— Tu vois, je ne suis pas mort, poursuit Gabriel. Pas encore, mais ça ne devrait pas tarder.

Essaie-t-il de l'attendrir en évoquant sa prochaine disparition ?

Le silence entre les deux hommes s'éternise. Seul le bruit des conversations dans le café pour l'empêcher de devenir trop lourd. C'est une confrontation, cette absence de mots, presque une aberration pour Léon.

Le garçon de café, pingouin devant l'éternel, tablier blanc et habits noirs, vient prendre la commande de Léon.

— Une bière, s'il vous plaît.

Le serveur s'éloigne et Gabriel finit par reprendre :

— Je ne sais pas pourquoi je suis venu à ta rencontre ce soir.

— Tu vas me dire que tu passais dans le quartier. C'est une habitude chez toi, de faire des passages éclair dans le coin, d'après ce qu'on m'a dit…

Gabriel Champion ne relève pas les sarcasmes de Léon.

— Peut-être que c'est une erreur. Mais lorsque j'ai appris que tu dédicaçais là, je me suis dit que c'était un signe. Je suis tombé sur une pleine page avec ta tronche dans le journal avant-hier. Je ne pouvais pas faire comme si je ne devais pas venir te saluer. La vie est une belle garce, tu peux me croire sur parole. Et on finit toujours par revenir sur nos pas. Qu'on le veuille ou non. Le quartier n'a pas vraiment changé…

Non, le quartier n'a pas beaucoup changé. Il a été épargné par les grands travaux de ces dernières années. Pourtant, le magasin de jouets n'existe plus. Il a été remplacé par une librairie. Finalement, le rêve de Paul-Henry s'est réalisé. Dans ce monde en perpétuel changement, les livres sont restés.

— Je n'ai jamais revu Paul-Henry. Jamais. Ni Martine. Ni ta mère. Ni personne.

Léon n'aime pas entendre ainsi les prénoms des gens qu'il aime tant. Pas comme ça. Comme une liste de regrets dans la bouche de celui qui n'a jamais pris la peine de leur donner la moindre nouvelle après avoir fracassé leur existence. Pour Gabriel, ce sont des prénoms surgis du passé alors que pour lui ce sont les vestiges de son enfance, des souvenirs indélébiles, des êtres chers. Ce sont ceux qui ont construit l'homme qu'il est maintenant.

— On dirait que tu t'es fait une spécialité d'apparaître et disparaître dans l'existence des gens qui n'avaient rien demandé.

— Tu m'en veux ?

Dans la bouche du vieil homme, la question sonne comme une affirmation.

— Non, je ne crois pas. Ou alors, si. Je t'en veux par procuration. De la part de personnes formidables dont tu as dévasté l'existence, sans t'en soucier une seule seconde. Mais même là, je ne me trouve pas le droit de te réprimander. Tu as sûrement fait comme tu as pu. Je suis suffisamment âgé pour savoir que les choses ne sont jamais tout à fait blanches ou noires.

Gabriel soupire puis tousse. Longuement.

— J'avoue, je me suis enfui. L'amour de Paul-Henry, celui que je voyais dans ses yeux, m'a fait prendre mes jambes à mon cou comme un lâche. Je ne sais pas comment on fait. Je n'ai jamais appris. J'ai fui Paul-Henry, comme j'avais laissé Françoise avant lui, un polichinelle dans le tiroir. Je n'en suis pas fier, Léon, mais la voilà, la vérité. Ma vérité.

— Mais quelle vérité, bordel ? s'énerve brusquement Léon. Quelle vérité ? Qu'est-ce qui justifie un gâchis pareil ? Ton histoire avec Paul-Henry ? Mais c'est peut-être la plus belle chose qui pouvait t'arriver, un homme pareil !

Léon ne lui en veut pas vraiment. Le vieil homme seul, assis en face de lui, lui fait simplement beaucoup de peine. Une autre vie abîmée par manque de courage. Mais Léon sent que sa loyauté doit aller vers Paul-Henry, vers Martine, vers sa mère.

— Il y a des êtres qui nous aiment, pour de vrai, malgré nous. Et on leur doit quelque chose. On ne peut pas s'en laver les mains. C'est trop facile. On ne peut pas les lâcher comme ça, du jour au lendemain.

On leur doit d'imaginer les dégâts, les conséquences d'aimer.

Léon a presque crié sa dernière phrase. Il se passe une main dans les cheveux et remet en place ses lunettes qui ont glissé sur le bout de son nez. Il a bien essayé les lentilles de contact, envisagé même l'opération au laser, mais les binocles font partie intégrante de lui après toutes ces années.

— Je suis d'accord avec toi, répond Gabriel sans élever la voix. Même si, finalement, je ne suis pas parti bien loin. Je suis revenu vivre à Paris très vite, au début des années quatre-vingt-dix. Et je n'ai jamais croisé Paul-Henry. Rive droite, rive gauche. Deux mondes opposés dans la même ville. Pour le meilleur et pour le pire.

Il regarde Léon droit dans les yeux. Sans tricher. Sans se chercher d'excuses. Léon n'en est que plus troublé.

— Je n'ai jamais su comment on devait aimer les autres. Je suis un handicapé du cœur. Je souffre d'un mal invisible. Je ne sais pas. Mais au moins, je ne m'en cache pas. Regarde, cette pauvre fille qui me suit partout comme mon ombre, qui pousse ce satané fauteuil comme on poursuit son chemin de croix.

Le vieil homme jette un regard vers la rue où la jeune femme piétine pour lutter contre la fraîcheur qui a fini par s'installer.

— C'est une bénévole d'une association pour aider les vieux cons seuls comme moi. Elle vient trois fois par semaine pour me sortir un peu, me tenir compagnie. Et je crois que je lui mène la vie dure. Je suis seul et je l'ai bien mérité. Je ne te demanderai pas de veiller sur mes vieux jours. Je suis particulièrement doué pour faire le vide autour de moi, et la fin de ma vie en est le reflet parfait.

— Alors, c'est tout. Tu es un sale type et voilà. Elle est là l'explication ?

— Oui, et voilà, Léon. J'aimerais te dire que j'ai passé ma vie à regretter. Mais ce ne serait pas vrai. J'ai continué. J'ai blessé d'autres personnes sur mon chemin. On fait juste ce qu'on peut avec ce qu'on a, avec ce qu'on est.

Léon boit une gorgée de sa bière pour ne pas avoir à répondre.

En cet instant, il pense à Paul-Henry, cet homme qui lui a donné envie d'écrire. À qui il doit tant. Un gentil, un vrai.

Il pense à sa mère, Lola, qui n'aura jamais connu son géniteur et qui n'a jamais pu aimer un homme.

Il pense à Martine, empêtrée de toutes parts dans une solitude douloureuse pendant des années.

Il pense à Gabriel, qui a dû vivre avec.

Il pense à ces êtres qu'il a aimés, parfois détestés. Qu'il a tenté de comprendre, dont il a pris la place à travers des héros de papier pour mieux les cerner. Pour les approcher d'un peu plus près.

— Je suis un méchant, oui, reprend Gabriel. Un pas gentil.

Il marque un temps, puis il termine :

— Mais ce n'est pas si facile de venir te le dire en face.

Léon se prend la tête dans les mains, souffle un coup. Puis il fixe son grand-père :

— Il y a quand même quelque chose que tu peux faire pour moi, Gabriel.

30

Le chef d'orchestre

Paris, jeudi 14 novembre 2019

— Qu'est-ce qui t'arrive, mon poussin ?

Léon est rentré de l'école contrarié. Contrairement à son habitude, il est resté silencieux tout au long du trajet de retour. Les lunettes de travers, signe de grande perplexité, le visage fermé et les poings serrés. Lola sentait bien qu'un gros chagrin couvait là, à l'intérieur, mais elle savait aussi qu'interroger son fils trop tôt ne servirait à rien. Ce n'est qu'une fois attablée avec lui devant le goûter qu'elle ose, à tâtons, lui poser la question. Le petit garçon pousse un soupir et répond :

— C'est la maîtresse, Maman. Elle a dit que je ne pouvais pas me marier avec Hugo. Ce n'est pas possible parce que c'est un garçon.

Lola frémit, mais ne montre rien. Elle souhaite laisser parler Léon. Celui-ci semble perplexe.

— Elle a dit que les garçons devaient se marier avec

des filles. J'aime bien Chloé, tu vois, mais je préfère me marier avec Hugo, en fait. Comme ça, il pourra me prêter ses Playmobil. On aura une plus grande collection à nous deux !

Lola sourit devant le pragmatisme sentimental de son fils. Elle ne veut rien laisser transparaître de la colère qui monte en elle.

— Et puis, tu sais, à la récré, Sophie, elle a dit que la maîtresse avait raison et que les garçons qui aiment des garçons, ce sont des nomosexuels. C'est mal, Maman, les nomosexuels ?

— On dit homosexuel, mon ange.

— Ça veut dire quoi ?

Léon est pendu aux lèvres de sa mère, les yeux agrandis par une curiosité brûlante. Elle n'imaginait pas aborder un tel sujet avec son tout-petit, surtout si tôt, mais en même temps, il doit comprendre que tout est possible dans leur monde. Si elle ne lui ouvre pas les portes maintenant, qui sait ce qui l'empêchera un jour de se réaliser pleinement ?

— Les homosexuels, c'est juste un drôle de mot pour parler d'amour. Tu sais, dans la vie, on a le droit d'aimer qui on veut. Souvent, on ne choisit pas. On est amoureux, c'est tout. Et c'est ça qui est génial ! L'amour, c'est quand ton cœur choisit pour toi, sans que tu réfléchisses ! Des filles peuvent tomber amoureuses d'autres filles. Pareil, pour les garçons. C'est notre cœur qui décide. Il fait ce qu'il veut !

— Du coup, ça veut dire qu'on peut aimer d'amour qui on veut ?

— C'est ça, mon bébé…

— Je suis plus un bébé, Maman, enfin ! Je suis en CP, n'oublie pas.

Léon a prononcé cette dernière phrase comme s'il parlait à quelqu'un souffrant d'un léger retard mental. Lola a envie de rire, mais garde tout son sérieux. Peut-être que ce moment est important. Elle l'espère, en tout cas.

Léon engloutit sa tartine et, après un court moment de réflexion, il lance :

— Je crois que j'ai compris. Et tu sais, je crois que je veux être homosexuel. Comme ça, en fait, je pourrai me marier avec toi, Maman !

Il bondit de sa chaise et passe tout de suite à autre chose. Problème réglé !

Bon, pour la compréhension, on repassera, mais la graine est semée et Lola espère de tout cœur que son fils, en grandissant, osera toujours lui poser ce genre de question, pour ne pas avoir à souffrir de l'encombrant regard des autres.

Souvent, elle se dit qu'être parent est un exercice bien périlleux et qu'une simple phrase, une mauvaise réaction au mauvais moment peut avoir des répercussions considérables dans l'avenir de son enfant. Elle essaie de ne pas trop y penser, mais fait de son mieux pour lui fournir les bonnes armes, sans l'encombrer non plus.

Pour l'heure, elle n'a qu'une envie, rencontrer la professeure de son fils. Elle ne peut décidément pas laisser passer ça. C'est trop important pour elle, trop grave aussi.

Ainsi, le lendemain, lorsqu'elle vient chercher Léon,

elle demande à parler quelques instants à l'institutrice. Celle-ci accepte en lui précisant qu'elle n'a pas beaucoup de temps.

— Mon fils, hier, est rentré, triste comme les pierres. Apparemment, vous lui auriez dit qu'il ne pouvait pas être amoureux de Hugo.

Lola lit l'étonnement d'abord puis la compréhension dans les yeux de cette femme entre deux âges qui se tient face à elle, derrière le bureau. Même si Lola ne peut s'empêcher d'être un peu impressionnée, comme une petite fille qui braverait l'autorité, elle sait que certains combats méritent d'être menés, que certaines choses ne doivent pas être juste balayées sous le tapis.

— Je pense, madame, que c'est un simple malentendu. J'ai expliqué à votre fils qu'il ne pourrait pas avoir d'enfants avec Hugo…

Lola coupe la parole à l'institutrice.

— Excusez-moi, mais ce que vous dites est complètement faux. Nous sommes en 2019, et pour info, un homme peut épouser un autre homme, en France et dans de nombreux autres pays, il me semble !

C'est un mélange de colère, de tristesse, de révolte, qui bouillonne en elle. Lola essaie de se reprendre. Ce n'est pas le moment de passer pour la folle de service qui craque en pleine classe de son fils. Elle poursuit, plus calmement :

— Tous les jours, j'essaie d'apprendre à Léon qu'il peut être qui il souhaite, que tout est possible pourvu qu'on s'en donne la peine, qu'on y mette du cœur. Chez moi, madame, nous applaudissons des deux mains au mariage de mon meilleur ami avec son garçon de mari.

Chez moi, on ne coupe pas les ailes aux enfants. On les laisse pousser, même de traviole ! Parce qu'on ne sait pas le mal qu'on peut faire en leur claquant des portes à la figure !

— Je comprends, place enfin l'institutrice. Ce que je voulais dire, c'est que deux hommes ne peuvent pas faire d'enfant ensemble… Biologiquement, j'entends…

— Ils peuvent adopter !

— Oui, bien sûr, c'est vrai…

— Et l'un d'eux pourrait être transgenre !

L'institutrice hoche la tête.

— Je vais vous dire : vous avez raison. J'ai fait un raccourci un peu facile et ça ne se reproduira pas. Je n'ai pas pensé à mal. Vous avez bien fait de venir m'en parler. Vous savez, le mariage entre deux hommes, entre deux femmes, ne me pose aucun problème. Je crois que je me suis laissée aller à certains préjugés inconscients…

— Alors, nous sommes d'accord, madame. Et veuillez pardonner mon emportement. On ne sait jamais à qui on va avoir affaire, et j'ai eu peur que vous ne soyez pas de mon avis sur la question.

Les deux femmes se quittent sur ces mots. Lola sourit à la vieille institutrice, soulagée de laisser l'éducation de son fils à cette dame qui sait se remettre en question.

En rentrant chez elle, elle a le sentiment d'être une bonne personne. De ressembler à ses convictions, pour une fois, et d'être à la hauteur de ce qu'elle aimerait inculquer à son fils. À la hauteur de la femme qu'elle aimerait être.

Cet acte de militantisme, petite goutte d'eau dans l'océan de l'intolérance, l'emplit de fierté. C'est quelque chose, quand même, de ne pas laisser gagner l'ombre. Elle est fière d'elle. Comme ça ne lui arrive que trop rarement ces derniers temps.

Ce soir, elle appellera sa mère, tiens. Comme pour prolonger l'état de grâce.

31

Ken, Barbie, Ken

Paris, mercredi 22 novembre 1989

Gabriel fume, assis sur son banc, les yeux perdus dans le vague.

Paul-Henry ne va pas tarder. Ils se sont donné rendez-vous dans le parc Georges-Brassens, à côté de la grande fontaine. Ils doivent partir récupérer un lot de poupées Barbie sorti l'année dernière pour le magasin. Une affaire en or !

Les stocks des magasins qui ferment sont une véritable manne pour la boutique. Ils rachètent et revendent en faisant un joli bénéfice. Ils gardent même parfois en stock certains articles jusqu'à ce que leur rareté fasse décoller le prix. Grâce à ces idées, Gabriel a permis au magasin de prospérer. Il est satisfait d'avoir apporté sa pierre à l'édifice, même s'il ne sait pas encore combien de temps il restera là.

Gabriel n'aime pas l'introspection, il trouve ça dangereux. Il se sent comme en fuite, en permanence.

Il ne sait pas après quoi il court. Qu'est-ce qui ne fonctionne pas chez lui ? Pourquoi se sent-il si loin des préoccupations du reste de l'humanité ?

Comme s'il ne devait pas s'attacher à un lieu, à des êtres, à des habitudes. Il file, tout le temps, d'un point à l'autre, d'une époque à l'autre de son existence, comme un gamin capricieux casse ses jouets pour qu'on lui en offre plus rapidement des neufs.

Paul-Henry ne dit rien, mais Gabriel sait qu'il ne va pas pouvoir faire durer encore longtemps cette « relation ». Les yeux de son « ami » ne mentent pas. Ce que Gabriel voit luire, par moments, lui fait terriblement craindre pour l'avenir. Et cette idée complètement saugrenue de lui donner l'appartement dans lequel il loge. Comme pour ces courtisanes dans les romans que Paul-Henry affectionne particulièrement.

Gabriel écrase rageusement son mégot. Paul-Henry est adulte et devrait savoir que les contes de fées, ça n'existe pas. Il devrait avoir compris que personne ne peut acheter Gabriel ou le mettre en cage.

Est-ce qu'il imagine qu'ils vont se mettre en ménage, tranquillement, au-dessus de l'appartement de son épouse ? Pourquoi ne sait-on pas vivre au jour le jour, sans vouloir posséder l'autre ? Pourquoi ce besoin du genre humain de s'approprier les gens que l'on croit aimer ? Quelle vaste blague !

Aimer. N'est-ce pas justement s'en aller, pour mieux laisser vivre l'autre ? Pour ne pas décevoir ? Au bout du compte, c'est toujours ce qui arrive. Tout le monde ne peut être que décevant. Personne ne peut être à la hauteur de ces espoirs insensés qui gouvernent les relations, quelles qu'elles soient.

On s'aime, alors on se marie, on s'achète une maison et on se laisse dépérir à l'intérieur. On compte, ensemble dans le meilleur des cas, mais séparément la plupart du temps, les regrets et les milliers de remords qui jonchent le parcours. Jusqu'à ce qu'on en crève.

Seul, on ne peut faire du mal qu'à soi. Et personne n'a besoin de voir les blessures, ni les points de suture qu'il faudra pour les refermer.

Lorsque Gabriel voit arriver Paul-Henry, il ne peut s'empêcher d'être déjà agacé.

Cette lueur dans ses yeux. Elle ne ment pas. Elle annonce des complications dont Gabriel ne veut pas se sentir responsable.

Le voir presser le pas pour le rejoindre, dans cet élan spontané qu'il ne prend même pas la peine de dissimuler, donne envie à Gabriel de se lever de son banc et de tourner les talons.

Il y a quelque part une enfant qui grandit sans lui, qui grandit sans père. Comment pourrait-il alors s'encombrer de cet homme adulte, qui se jette vers lui à corps perdu ? Gabriel n'accepte pas cette reddition. Ces sentiments qui voudraient lui faire baisser les armes.

Lorsque Paul-Henry arrive à sa hauteur, encore ce moment de flottement qui ponctue de plus en plus leur quotidien. Pas d'effusion évidemment, mais toujours ces non-dits qui prennent le dessus et font tellement de bruit. Cette façon de le regarder, d'espérer, le rend pathétique et éloigne foncièrement Gabriel de cet homme qu'il admirait pour les mêmes raisons. Cette bienveillance, cette naïveté, ce sourire perpétuel qui l'avaient fait flancher l'irritent maintenant. On finit souvent par détester ce qui nous a attiré chez l'autre. Quelle ironie.

Sous l'impulsion de cette contrariété qui l'envahit tout entier, Gabriel se lève et lance :

— Pas de temps à perdre, on y va.

Paul-Henry lui emboîte le pas, comme un gentil toutou. Gabriel se sent un peu minable d'avoir de telles pensées, mais c'est pourtant l'effet que ça lui fait.

Il se tient à distance tout au long du trajet, prenant un malin plaisir à ne pas s'asseoir aux côtés de Paul-Henry dans le métro alors que la rame est quasi vide. Il aimerait que celui-ci, peut-être, entame les hostilités.

Pourtant, toujours égal à lui-même, Paul-Henry garde sa bonhomie habituelle, qui le caractérise tellement. Peut-être serait-ce plus simple si Paul-Henry émettait un reproche, même innocent. Gabriel se prend parfois à l'espérer. Pour se donner des raisons de lui en vouloir, de le repousser vraiment. De le jeter par-dessus le bord du navire qu'est sa petite vie.

Paul-Henry lui rappelle qu'aujourd'hui six mois se sont écoulés depuis leur première rencontre. Ce premier jour au magasin. Paul-Henry lui parle aussi de ce mur, en Allemagne, qui est tombé, il y a quelques jours. Il semble si heureux, comme si cela le concernait tout entier. Cette empathie, ce regard d'amour sur le monde qui l'entoure, Gabriel ne l'a jamais croisé chez qui que ce soit d'autre, et ça le bouleverse en dedans.

Gabriel se demande si Paul-Henry n'essaie pas de faire une analogie hasardeuse entre ce mur et celui qui se dresse entre eux. Il l'en sait fort capable. Paul-Henry est intelligent. Terriblement.

Comment un homme peut-il l'émouvoir et l'agacer autant à la fois ? Comment Gabriel peut-il s'en vouloir de sa rudesse permanente tout en se trouvant trop bon ?

Alors, comme il ne sait pas faire autrement, Gabriel pique.

— Comment va Martine ?

Touché.

Paul-Henry baisse les yeux.

— Elle va bien.

— Quel courage elle a de s'occuper ainsi de sa belle-mère. C'est une sainte, cette pauvre femme. Ta mère, je ne la supporterais pas plus de dix minutes d'affilée…

Paul-Henry ne répond pas, et Gabriel sait très bien quelle brûlure vient de l'atteindre. Celle de la culpabilité, sournoise et pourtant tellement justifiée. Il y a de quoi entamer l'armure de guimauve, avec l'évocation de son épouse courage, et Gabriel le fait en toute conscience. Il se sait doué pour faire mal.

Il souffle le chaud et le froid, sans vraiment le vouloir, en espérant que Paul-Henry s'éloignera de lui-même. Et il y a cet espoir encore plus fou, juste viscéral, qu'au contraire Paul-Henry continuera de lutter malgré tout pour le garder à ses côtés.

Les bras croisés, assis là, dans cette rame de métro, Gabriel a pris sa décision.

Il va partir.

32

Ouija

Paris, mardi 16 mars 2049

Léon s'est levé aux aurores. La nuit a été longue. Il n'a pas beaucoup dormi après son entrevue avec Gabriel. Son grand-père, cet inconnu.

Il ne sait que faire. Il aimerait pouvoir appeler sa mère. Il voudrait pouvoir lui raconter. Comme ils ont toujours fait tous les deux. Toute sa vie, après l'enfance, Lola était restée sa confidente. Son avis comptait plus que celui de n'importe qui au monde.

Elle n'est plus là.

Cela fait maintenant quatre ans qu'elle a été emportée par un cancer. Foudroyant.

Elle n'a jamais su que son fils était devenu écrivain. Elle n'a jamais pu lire la moindre ligne écrite de sa main. Pourtant, il semble à Léon que chacun de ses livres est fait pour elle. Son départ a été le déclencheur de son envie d'écrire. D'arrêter de tergiverser avec ce qu'il voulait réellement devenir.

Chaque sortie de roman, chaque étape sur le chemin du succès, a un goût de rendez-vous manqué pour Léon, puisqu'il ne peut pas les partager avec celle qui aurait été la plus fière, la plus heureuse du monde. Sa maman.

Quatre années. C'est long et si court à la fois. Il ne se fait pas à l'idée qu'elle ne soit plus à ses côtés. Il l'a tellement admirée. Quatre années et Léon ne s'habitue pas à l'absence. Évidemment, il avance, il vit sa vie avec son épouse, mais quelque chose est différent. Il n'est pas vraiment proche de son père.

En disant au revoir à sa mère, il s'est soudain senti devenir véritablement adulte.

Elle l'a élevé avec amour, craignant toujours de faire les mauvais choix. Elle lui a permis de s'entourer de belles personnes, de gens bien. Elle lui a construit une famille de cœur afin qu'il ne soit jamais seul.

Il a beaucoup pensé à elle, après les retrouvailles avec son grand-père. À force de tergiverser, le matin le retrouve là, des valises sous les yeux et les idées encore moins claires que la veille.

Après avoir avalé un café dans le silence de la cuisine, veillant à ne pas réveiller Chloé qui dort du sommeil du juste dans leur chambre à coucher, il décide de sortir le chien et d'en profiter pour contacter celle qui trouvera les mots.

— Allô, Clarisse ? Je ne te dérange pas ?

— Oh, mon Léon ! Tu ne me déranges jamais ! Mais il est tôt, non, en France ? Tu es tombé du lit ? Il n'est rien arrivé, j'espère ?

Léon s'empresse de la rassurer.

— Non, non, tout va bien, Clarisse ! Tout va bien.

— Pas à moi, Léon. Tu ne m'appellerais pas, sinon. Ou du moins pas à cette heure-ci. Qu'est-ce qui se passe ?

Léon déglutit. Se trouve un peu bête. Il n'y a rien de grave, non, mais comment expliquer à Clarisse les sentiments qui le traversent ?

— Hier, j'ai rencontré Gabriel Champion. Mon grand-père.

Un silence.

— Je sais qui est Gabriel Champion, mon grand. Même si je ne l'ai vu qu'une seule fois.

— Ah bon ? Mais quand ? Je croyais que Maman ne l'avait jamais vu.

— C'est bien le cas, Léon. Lola ne l'a jamais croisé. Enfin, à ma connaissance. Quant à moi, disons que je suis tombée sur lui au bon moment. Et notre entrevue fut plutôt brève.

Léon réfléchit à toute vitesse et se sent embourbé dans des interrogations inutiles.

— Je passe le chercher cet après-midi.

— La boucle est bouclée, alors. Fais comme tu le sens. Tu dois avoir envie de le connaître, même si tu ne dois pas t'attendre à grand-chose. Il y a des erreurs qui ne se rattrapent pas.

— Je ne le fais pas pour moi, Clarisse. Je le fais pour Maman, pour Paul-Henry, aussi.

— Je comprends. Il doit avoir au moins mille ans, lui aussi, non ? Tu sais ce que je pense du fait de traîner en permanence avec des vieux, mon Léon. Ce n'est pas très sain ! Regarde qui tu appelles pour te donner des conseils ? Une vieille peau toute décatie ! Tu dois avoir un problème ! Ta pauvre mère serait désespérée !

Clarisse part dans un grand rire. Léon sait qu'elle comprend tout. Et ça lui donne une force à chaque fois renouvelée. Avec elle, il sait pouvoir tout évoquer sans gêne, les peines comme les joies. Elle ne remplace pas sa mère, ça, personne ne le pourrait, mais elle a une place particulière dans la drôle de famille qu'il s'est choisie depuis l'enfance.

— Comment va ta chère et tendre ? Et ton dernier livre, alors ? Je ne l'ai pas encore lu ! J'attends toujours de le recevoir. Tu sais comme c'est compliqué ici de recevoir tes bouquins rapidement !

Clarisse, fidèle à elle-même, ne s'est jamais posée. Elle vit depuis plusieurs années à New York, la ville au monde qui lui ressemble le plus. Complètement barrée et pleine de ressources.

Ils ont prévu, avec Chloé, d'aller lui rendre visite l'hiver prochain.

33

Action ou vérité

Paris, dimanche 22 décembre 2019

Dans la salle d'attente de l'hôpital, Lola écoute Paul-Henry. Ils passent beaucoup de temps dans ces couloirs lors de leurs visites à Martine, qui va bientôt pouvoir sortir.

Aujourd'hui, Lola ne dit rien. Elle se laisse submerger par les mots de cet homme au sourire éternel, qui viennent se déposer en averse sur le champ de ruines de son cœur à elle. Elle boit à la coupe de vérité de ce monsieur qu'elle ne connaît pas vraiment.

Paul-Henry est perdu quelque part entre les couloirs affreux de l'établissement hospitalier, un parc qui aurait défié le temps, un magasin abandonné et un immeuble aux secrets mal gardés. Il a les yeux qui brillent.

Il s'est absenté du présent, laisse les souvenirs s'envoler. Il les rattrape au vol, comme des papillons capricieux. Il offre à Lola un peu de ce père qu'elle n'aura jamais l'occasion de comprendre. Elle se suspend à ces mots transis d'amour et de solitude. Il parle comme un livre et elle goûte à ses paroles.

« Avec Gabriel, l'amour était tout sauf de l'amour.

Ton père m'a aimé. Je l'ai aimé à mon tour et, pourtant, notre histoire ne ressemblera jamais à ce que l'on peut voir dans les films. Peut-être pourrait-elle à la rigueur faire l'objet d'un livre. Où il ne se passerait pas grand-chose. Dans un roman, on peut faire sentir l'impalpable, on peut parler de tout ce qui ne se voit pas, alors que dans un film il faut de l'action. Il faut montrer, on ne peut guère suggérer. Imagine un film de deux heures où rien n'est prononcé. Il ne serait pas numéro un au box-office. L'histoire de ma vie ferait ronfler le plus indulgent des cinéphiles. Car, pour quelques semaines de bonheur, j'ai passé le reste de ma vie à attendre un signe qui n'est jamais venu.

Oui, cette histoire ferait un roman. Et moi, je serais le fameux marque-page abandonné à la fin des années quatre-vingt. Puisque j'ai parfois le sentiment que plus rien n'est arrivé depuis. L'obscurité a recouvert l'immensité de cette époque, et je me suis rendormi. Mais j'ai au moins vécu ça, Lola. Je crois que j'ai appris à chérir ces journées-là. Parce que je sais qu'on peut passer toute une vie sans connaître ce que j'ai ressenti pour ton père. Je crois que, finalement, j'ai eu énormément de chance. Tellement de gens croient avoir aimé. Je croyais aimer Martine, tu sais. Gabriel a balayé mes certitudes sur le sujet.

J'ai vécu de lui. Sans lui. Je l'ai aimé à la hauteur des rêves fous que l'on peut faire pour deux. J'ai aimé toute ma vie quelqu'un qui n'existait que dans mes souvenirs. Ça ne m'a pas rendu malheureux pour autant. Pour lui, j'ai piétiné mon existence. J'ai fait du mal. Pour mon bien. Sans lui, j'ai tout perdu, et en même temps j'ai tellement gagné. J'aurais pu mourir mille fois pour ces infimes indices quotidiens qui constituent les histoires d'amour.

Nous avons fait l'amour. À la sauvette. Avec violence, comme on se fracasse contre un mur, grisés par la vitesse, par la jouissance. On s'est aimés comme un accident grave, parce qu'on ne savait pas se l'autoriser. Nous étions d'une autre époque. Avec le temps, je me dis que tout ça ne fut que manque de courage, et pourtant je suis resté fidèle à ma plus belle erreur.

Ton père m'a aimé. Même s'il ne me l'a jamais dit, jamais montré. J'étais son secret honteux. J'aurais tout abandonné, il n'avait plus rien à perdre. Il avait déjà laissé loin, si loin, dans un berceau, le résultat de tous ses remords. Sa fille. Sa petite fille. Sa petite héroïne qu'il ne pouvait qu'imaginer, puisqu'il ne t'avait jamais rencontrée. Mais je crois que tu étais présente chaque seconde de son existence. En t'abandonnant, il avait franchi la dernière limite qui le reliait encore au reste de l'humanité.

Ton père m'a aimé. Je l'ai aimé en retour. D'un amour lâche. Tout le monde ne sait pas aller contre son époque. Je me dis souvent qu'aujourd'hui les choses auraient peut-être été différentes. Ou pas. Avec des si, on mettrait Paris en bouteille, et la capitale est bien trop grande pour être enfermée.

Nous étions invisibles. J'étais invisible.

La plupart du temps, Gabriel ne me regardait pas dans les yeux. Il étreignait, il embrassait, mais toujours dans le noir, pour ne pas voir. Pour ne pas montrer ce qui pouvait le traverser. Une seconde en sa présence et je pouvais respirer, même mal, même avec toute cette frustration de non-dits. Même avec toute cette culpabilité qui m'étouffera sûrement jusqu'à mon dernier souffle.

Gabriel ne m'a jamais écrit de mots d'amour. Il n'a jamais ouvert la porte avec des fleurs à la main. Il ne m'a jamais tenu la main dans la rue. Il ne s'est jamais endormi sur mes genoux sur un coin de canapé.

Gabriel n'a jamais demandé ma main, il n'avait qu'à la prendre, d'autorité, et je lui appartenais tout entier. Il ne m'a jamais présenté à ses amis et, de toute façon, il n'en avait pas.

J'étais l'erreur, fatale et obsédante, et il était la mienne. Mais il revenait toujours, repartait à chaque fois. Nous n'avons jamais passé une nuit entière dans les bras l'un de l'autre. Je n'ai jamais vu ton père en pyjama, je n'ai jamais préparé son café du matin, même si je savais qu'il le prenait avec deux sucres.

Et pourtant, c'était de l'amour. Oui, une forme maladive du grand amour.

Gabriel m'a aimé. Mais il ne s'aimait pas assez pour savoir le montrer. Gabriel m'a aimé. Il me disait tout. Je crois qu'il ne m'a jamais menti.

Il me parlait du dégoût de lui-même. Celui que je n'ai jamais réussi à faire s'envoler. Il me parlait de toi. Née du fruit de sa seule imagination, puisqu'il ne voulait rien savoir. Il ne parlait que de toi, une hypothétique toi qui grandissait dans son âme, comme une blessure jamais cicatrisée. Il me parlait du monde, ça suffisait à faire tourner le mien.

Chaque entrevue paraissait être la dernière. Nous nous sommes aimés comme une fin du monde. Dans l'urgence de ces lendemains qui jamais n'arriveraient.

Ton père. Mon amour. Gabriel.

Nous nous sommes aimés par livres interposés. Lorsque nous n'étions pas ensemble, lorsqu'il choisissait l'exil, il emportait toujours un livre de ma bibliothèque. J'en étais à chaque fois soulagé, car je me disais qu'il devrait au moins me revoir pour me le rendre. Je savais qu'il reviendrait sans crier gare.

Je lui mettais entre les mains des romans qu'il n'aurait jamais osé acheter en librairie. Je lui montrais que les plus grandes œuvres classiques avaient évoqué ce sujet brûlant de l'homosexualité, même si jamais, jamais, jamais, je n'ai prononcé ce mot en sa présence.

Ces livres, ces auteurs, furent les seuls mots d'amour que nous avons posés sur notre histoire. Ils sont encore aujourd'hui sur mes rayonnages, et me parlent de Gabriel, à chaque fois. Je le revois dans ce fauteuil qu'il s'était attitré, à discuter de sa dernière lecture. Il mettait des mots sur ces héros de papier pour tenter de définir ce qu'il ressentait lui-même. Il disait *il*, et j'entendais *je*.

Les livres sont des messagers. Ils sont porteurs de ce qu'on n'ose pas dire. Ils te parlent de ce que tu ignores de toi-même, et mettent en lumière ces sentiments que tu n'oses avouer à personne. C'est comme ça qu'ils te soulagent. Parce qu'ils viennent te parler de toi, cet illustre inconnu. C'est pour ça que parfois un livre nous transperce et que jamais, jamais, on ne l'oubliera. Quoi qu'on lise après. »

Le flot de paroles semble se tarir. Lola est bouleversée pour lui et ne peut s'empêcher d'admirer cet homme qui ne s'est pas cherché d'excuses, de faux semblants. Elle lui attrape la main et en silence la serre de toutes ses forces parce qu'elle sait qu'elle ne trouvera pas les mots.

Face à son histoire, elle se rend compte combien elle-même a pu se tromper sur ses propres sentiments. Car, avec toute la lucidité dont elle est capable, elle sait qu'à aucun moment elle n'a aimé Baptiste, ne serait-ce qu'à moitié, comme ce que vient de lui décrire Paul-Henry.

Elle sait que sa fuite en avant, sa course effrénée après des hommes d'un soir, sa terreur d'être une mauvaise mère, tout ça ne vient pas de Baptiste, non. Mais de cet homme, encore.

De ce Gabriel Champion, son père. Cet homme qui n'a fait que passer.

Au fur et à mesure que Paul-Henry vidait son cœur, elle s'est remplie, elle, de cette nouvelle compréhension d'elle-même. Elle voudrait remercier le vieux bonhomme, assis à ses côtés, mais il ne comprendrait sûrement pas. Parce qu'à la différence de Paul-Henry, elle n'a pas eu des années pour appréhender cette vérité. Elle vient de lui tomber dessus, et il faudra du temps avant qu'elle puisse en parler à qui que ce soit.

Mais peut-être, oui, peut-être va-t-elle finir par guérir, elle aussi, maintenant qu'elle a mis des mots sur le mal qui la rongeait.

34

Ni oui, ni non

Paris, mercredi 29 novembre 1989

Le dernier jour.

La dernière fois.

Celle qu'on n'attend pas, celle qu'on redoute, la peur au ventre.

Celle qui reviendrait longtemps embuer les yeux de Paul-Henry. Cette dernière fois sera une journée ensoleillée, comme si le ciel avait décidé de se moquer de lui.

Si la vie est un poème comme il aime à le rappeler, elle ne s'apparente pas qu'à du Prévert. Elle prend parfois les allures d'un texte de Baudelaire et oscille entre désespoir et fin du monde.

Lorsque Paul-Henry s'est rendu chez Gabriel, il a trouvé porte close. Après avoir sonné et attendu sans succès que Gabriel vienne lui ouvrir, il est descendu, un peu déçu, et a vaqué à ses occupations, en attendant de prendre son tour au magasin.

Il a passé la matinée avec sa mère, qui a dû sentir le désarroi de son fils. Elle est restée plutôt calme, assise dans son fauteuil.

Lorsque Martine est arrivée à l'heure du déjeuner, elle a annoncé la nouvelle à son mari :

— Gabriel vient de passer en coup de vent au magasin. Il n'est pas venu travailler de la matinée.

Elle raconte son entrevue avec leur employé et, au fur et à mesure qu'elle déroule son récit, Paul-Henry se sent défaillir.

— Il est arrivé un peu avant midi. Il m'a dit qu'il partait, qu'il s'excusait de tout. Je n'ai pas compris de quoi il parlait. Je n'ai même pas eu le temps de lui demander des explications.

— Tu sais où il allait ?

Paul-Henry s'est levé d'un bond, effaré.

— Juste qu'il prenait le train à Montparnasse. Je lui ai demandé s'il avait besoin de congés. Il m'a répondu qu'il partait. Définitivement. Il m'a rendu les clefs de l'appartement, d'ailleurs. Il passait pour ça. S'il avait pu, il serait parti sans prévenir personne, je pense…

— Il faut le rattraper, on ne peut pas le laisser partir comme ça, sans explication !

Martine, un peu surprise par la panique de son époux, lui emboîte quand même le pas, non sans avoir vérifié que sa belle-mère était bien couchée dans sa chambre. Cette dernière dormant à poings fermés, Martine rattrape un Paul-Henry éperdu dans la cour de l'immeuble.

Le temps de prendre le métro, et vingt minutes après, ils arrivent à destination.

La gare Montparnasse est bondée. Par ceux qui s'en vont, ceux qui s'en reviennent. Celles qui restent, ceux qui partent. Celles qui arrivent. Ceux qui ne reviendront pas.

Plusieurs trains semblent être au départ.

Les deux époux courent le long des quais à la recherche de Gabriel. Paul-Henry monte dans des wagons, bouscule des femmes courroucées par son attitude, évite des hommes en colère prêts à lui rentrer dedans.

Paul-Henry court, de toutes ses forces. Comme dans un mauvais roman. Un roman de gare, justement. Il ne voit personne autour de lui. Il cherche un seul visage. Il s'agite comme un forcené avant qu'il ne soit trop tard. Il doit jeter toutes ses forces dans cette ultime bataille.

Martine le suit, tant bien que mal, de plus en plus étonnée par l'urgence qui semble envahir son mari. Certes, Gabriel est devenu indispensable à leur quotidien à tous les deux, mais il y a autre chose. Quelque chose qu'elle n'explique pas dans la panique de son époux. Lui, si calme, si posé.

Martine sent monter en elle des réponses qu'elle repousse immédiatement, comme si elle avait peur de s'y brûler.

Paul-Henry s'arrête quelques secondes, dévisage chaque personne sur le quai, puis s'élance à nouveau. S'arrête net.

Il reconnaît au loin la silhouette de cet homme qu'il aime plus que de raison.

Il accélère sa course et l'attrape par la manche alors

qu'il s'apprête à grimper dans un wagon. Paul-Henry n'a pas vu quelle était la destination du train que Gabriel s'apprête à prendre. Il s'agrippe à lui comme on cherche absolument quelque chose à quoi se raccrocher avant de se noyer, avant de sombrer.

Il a le souffle court, le regard fou. Ses yeux passent de Gabriel au train. Il n'arrivera pas à exprimer tout ce qui est en train de lui passer par la tête. Il décide alors d'aller au plus simple, à l'évidence :

— Ne pars pas, Gabriel.

Il ne peut pas l'obliger, il ne faut pas le supplier. Ça ne marchera pas. Il essaie de ne pas geindre. De garder encore un peu de dignité.

— Ou alors, si, pars. Pars, si tu en as besoin. Pars, si tu dois te retrouver un peu. Pars.

Paul-Henry a des sanglots dans la voix. Gabriel le fixe, sans dire un mot. Tableau étrange que ces deux hommes en cet instant. L'un prêt à s'effondrer et l'autre, immobile, telle une statue de marbre. Froid et absent de la scène dans laquelle il est pourtant en train de jouer.

— Pars, Gabriel. Mais reviens-moi. Demain, dans une semaine, dans dix ans, mais reviens, s'il te plaît. Reviens, s'il te plaît.

Sur le quai, le sifflet du départ retentit et vient vriller le cœur de Paul-Henry.

Gabriel attrape la main de son amant avec une délicatesse infinie, et la repousse pour pouvoir entrer dans le train qui s'apprête à partir, sans un mot.

Dans un dernier effort, comme on dépose les armes, Paul-Henry joue le tout pour le tout. Il sait que Gabriel ne goûte pas ce mauvais mélo, mais il ne peut s'empêcher de tout tenter.

— Pense à Lola, Gabriel. Je peux t'aider. Tu peux la retrouver. J'ai de l'argent. Rien n'est impossible. Il n'est pas trop tard. Dis-moi que tu reviendras ?

Les doubles portes du train se referment sur la réponse que Gabriel ne donnera pas à Paul-Henry.

Le train s'ébranle et Paul-Henry s'écroule au sol, comme épuisé par sa course folle, foudroyé de tristesse face aux heures à venir qu'il n'envisage même pas.

Cette vie à venir, sans Gabriel.

Il sanglote, à genoux, là, dans cette gare immense. Impuissant et désespéré. Il murmure, comme une litanie :

— Je t'attendrai... Je t'attendrai toujours...

Martine, restée en retrait, s'approche de Paul-Henry comme un automate, pour l'aider à se relever. Pour lui éviter d'être encore plus pathétique. Pour le faire rentrer chez eux. En bonne épouse. Jusqu'au bout, malgré l'invraisemblance de ce qui vient de se passer.

Martine comprend douloureusement, comme un poignard mille fois plongé dans sa poitrine, les mois qui viennent de s'écouler. Elle se sent bête. Et pourtant, comment aurait-elle pu se douter ?

Elle n'a pas encore le goût de la trahison dans la bouche. Elle voit juste défiler à toute allure les jours passés depuis ce premier jour au magasin. Les absences de plus en plus fréquentes de son mari. L'attitude gênée de Gabriel face à elle. L'amitié entre les deux hommes dont elle se voulait l'heureux témoin.

Pourtant, en cet instant, elle ne voit que l'homme qu'elle n'a jamais cessé d'aimer, sanglotant comme un enfant inconsolable. Elle n'est que dans l'urgence du moment présent. L'amour, le vrai, ne disparaît pas d'un coup.

Tant bien que mal, elle arrive à soutenir Paul-Henry et à le faire avancer jusqu'à la bouche de métro. Le temps de ce long trajet dans les couloirs souterrains, sous la lumière crue des néons, et déjà cette colère qui pointe en elle. Déjà, la rancœur. Déjà, l'envie de l'abandonner à son sort, alors même qu'elle voudrait le serrer dans ses bras.

Dans le métro qui les ramène chez eux, sur cette ligne douze quotidienne, Paul-Henry et Martine sont assis côte à côte, éloignés comme jamais ils ne l'ont été.

Lorsqu'ils arrivent dans ce chez-eux qui vient de voler en éclats, Martine flotte comme dans un mauvais rêve. Comme si la dernière pièce de ce puzzle absurde, qui vient d'être posée devant ses yeux, l'empêchait malgré tout d'entrapercevoir le tableau dans son intégralité. Elle jette son manteau sur le canapé du salon et s'étonne de voir Belzébuth sur son trône. La vieille dame, d'habitude, a besoin de l'aide de sa bru pour sortir du lit et se déplacer d'une pièce à l'autre.

Pourtant, elle est assise, endormie, la tête en avant, face à la télévision.

Apparemment, elle a tenté de mettre la cassette vidéo dans le magnétoscope. Sûrement pour regarder un épisode de sa série fétiche, mais elle n'a pas réussi à insérer la VHS. Celle-ci est à moitié entrée dans la fente de l'appareil, dans un geste inachevé.

Martine comprend alors que la vieille dame ne dort pas.

Accroupie auprès de ce corps qui fut celui de la gardienne de son enfer personnel, Martine adresse un regard plein de peine à son mari, debout au milieu de la pièce, comme un petit garçon perdu.

Elle voudrait le consoler, là, tout de suite. Elle voudrait le tuer, là, tout de suite.

L'aube les trouve seuls. Chacun dans une pièce de l'immense appartement silencieux, ils attendent l'arrivée des urgences qui viendront enlever le corps de la mère de Paul-Henry.

Paul-Henry, dans le salon, étreint comme un forcené la main de cette mère qu'il ne reverra plus. Dans sa tête, ce leitmotiv.

La vie est un poème.

Un poème noir, dramatique, incompréhensible écrit par un fou. Un poème que l'on voudrait déchirer et ne jamais avoir lu. Un poème qu'on se récite par cœur dans les méandres de nos cœurs abîmés.

Avant de quitter la pièce, Martine a adressé ces mots à Paul-Henry :

— L'appartement est immense. Tu feras faire quelques travaux et nous pourrons avoir chacun notre domicile. Je reste ta femme. Nous sommes mariés. Mais je ne veux plus avoir à te parler. On s'organisera.

Dans la chambre qu'ils ont occupée ensemble durant tant d'années, elle pleure aussi des larmes amères.

Chacun dans un coin de l'immense appartement

aux allures de mausolée, ils contemplent avec amertume les débris d'un avenir perdu d'avance.

L'un sans l'autre dorénavant.

Étrangers pour toujours.

35

Memory

Paris, mardi 16 mars 2049

Paul-Henry Pichon est étendu dans son lit immense, perdu au milieu des couvertures, comme un poupon fragile et délicat. La matinée est bien avancée et, pourtant, il n'a pas trouvé la force de se lever.

Il passe la plupart de son temps dans cette chambre, maintenant que ses forces l'abandonnent peu à peu. Il ne souffre pas. Une infirmière est là chaque jour, à plein temps, privilège de cette fin de vie dans l'aisance financière.

Paul-Henry voit en lui tout ce qu'il ne distingue plus dans ce monde qui a plongé dans le noir il y a des années maintenant. On appelle ça la DMLA. La dégénérescence maculaire liée à l'âge. Un nom barbare, synonyme de vieillesse. Maintenant, autour de lui, les choses sont floues. Comme irréelles, dépourvues de consistance.

Il ne peut plus lire, et pourtant il demeure entouré

de ces ouvrages qui l'ont tenu debout toute son existence. Il lui reste le toucher, le velouté délicat et rassurant de ces pages, le souvenir de tout ce qu'elles lui ont offert d'immense et d'inoubliable. S'il ne peut plus les déchiffrer, il ne peut les oublier. Elles tournent encore et encore dans sa tête un peu fiévreuse.

Les souvenirs. Les instants volés. Voilà tout ce qu'il garde farouchement. Toute une vie. Sa vie.

Celui qu'il est aujourd'hui tente de se souvenir. De se remémorer ce goût de l'innocence qu'il n'a jamais perdue complètement. Il tente de retracer, dans sa tête, les événements tels qu'ils lui sont restés et non tels qu'il a fini par les reconstruire par la suite, pour en faire des souvenirs faussés par le temps qui passe et les excuses que l'on se donne.

Du fond de lui-même, à l'intérieur de sa vie d'homme, Paul-Henry sait maintenant que ce ne sont pas les grands événements dont on se souvient vraiment. Les secondes de simplicité restent en nous plus vivement, sûrement car ce sont ces instants-là qui comptent le plus, au bout de ce drôle de chemin.

Dans ce kaléidoscope de moments fugaces qui vont et viennent, nombreux sont ceux qui lui réchauffent l'âme. Nombreux sont ceux aussi qui lui font peur, car il n'arrive pas à les interpréter, à leur donner du sens. Du plus loin qu'il s'en souvienne, depuis les hautes tours de son grand âge, ce sont d'abord des visages d'amour qu'il a connus. Son père. Cet homme simple qui avait bâti un empire. Sa mère. Aimante et coincée dans un snobisme exaspérant et pourtant si émouvant.

Il se souvient de cette enfance dorée. De ce petit garçon attentif et obéissant.

Il se souvient de cette incompréhension, ce jour où, s'étant brûlé à un fer à repasser, il s'attendait à se faire consoler et que la Gorgone s'était mise à tempêter sur lui.

C'était il y a des siècles, et pourtant elle revient frapper à sa mémoire. La Gorgone, dont il ne se souvient plus du prénom, était au service de sa famille et avait tenu lieu de bonne à tout faire, de gouvernante. Il s'était retrouvé souvent seul avec elle lorsque ses parents devaient faire face à leurs nombreuses obligations.

L'existence d'un enfant est ainsi faite que son monde est constitué, de façon très basique, de Gentils et de Méchants, que seul l'instinct peut reconnaître.

La Gorgone fut la première Méchante à croiser sa route.

Âgée d'une soixantaine d'années à cette époque où, lui, devait avoir quatre ou cinq ans, elle avait l'apparence d'une tortue desséchée, comme décrépite par la hargne. Avec le recul, Paul-Henry se dit qu'elle devait le détester cordialement. Lui, l'héritier insouciant dont elle avait la charge.

Il furetait autour d'elle, la plupart du temps, pour tromper l'ennui, et ce jour-là, donc, il en était venu à se brûler la main en s'approchant beaucoup trop près du fer à repasser dès que la Gorgone avait eu les yeux tournés.

Si la douleur qu'il avait ressentie à ce moment-là l'avait fait pleurer à chaudes larmes, c'étaient surtout les paroles haineuses dont l'avait invectivé cette fée Carabosse qui avaient fait redoubler ces sanglots.

Paul-Henry Pichon venait de se heurter au tout premier mur de sa courte existence. Il s'était fait mal et cette ogresse ne trouvait rien de mieux à faire que de lui hurler dessus. Quel choc. Ce sentiment de ne pas être entendu, d'être mal compris.

Le Paul-Henry épuisé d'aujourd'hui se souvient, étendu là. Il se souvient puisqu'il n'a plus rien d'autre à faire.

Il a grandi avec cette cuiller en argent dans la bouche. Ces privilèges dont l'enfance ne peut se rendre véritablement compte. Il a grandi dans la sécurité tranquille de cette mère qui disait tout dans un froncement de sourcils. Et de ce père qui semblait s'en amuser en permanence.

Il se souvient de ces anniversaires. De cette ivresse d'être le roi du monde, de l'univers qui était le sien. Ces êtres chers à son cœur d'enfant entonnant un *Joyeux Anniversaire* tonitruant, rien que pour lui. Leurs regards brillants. Et ses cris de joie. Ce débordement d'amour, celui qu'on accepte sans compter tant sa source semble intarissable.

Une jeunesse passée à courir le pavé avec Martine, celle qu'il finira par épouser, puis par blesser au plus profond d'elle-même.

Il se souvient de ce jour-là, à genoux sur le quai de la gare Montparnasse. Il se souvient de Gabriel qui monte dans ce train pour ne jamais revenir. De leur retour à l'appartement pour retrouver le corps de sa mère sans vie.

Des mois qui suivirent le départ de Gabriel, il ne garde qu'un sentiment d'irréalité. Il s'était traîné tant bien que mal, prenant chaque jour comme une punition supplémentaire. Ils avaient fait les travaux nécessaires et l'appartement du rez-de-chaussée avait fini par abriter deux logements indépendants.

Peu à peu, le naturel souriant de Paul-Henry avait fini par revenir à la surface. Il s'était abrité du monde, des autres, à sa façon. Dans ses livres, et sans se lier vraiment à qui que ce soit. Aimant tout le monde et personne en particulier.

En souvenir de cet homme qui lui avait offert malgré tout les plus belles semaines d'amour qu'il ait jamais connues, il avait mené son enquête et fini par retrouver Lola et sa mère Françoise, quelques mois après le départ de Gabriel.

Il avait ainsi pu donner le fameux appartement, non pas à Gabriel, puisque celui-ci n'en voulait pas, mais à sa fille, par le biais de Françoise. Elle en était devenue la propriétaire officielle à sa majorité. Elle l'avait loué un temps puis y avait finalement posé ses valises.

Les derniers ponts avaient été coupés avec Martine. Le magasin, comme une malédiction, n'était plus hanté que par son épouse, gardienne d'un cimetière de jouets cassés. Il ne s'y rendait plus. Il préférait laisser à l'intérieur les souvenirs de ces amours contrariées.

36

Maman, les petits bateaux

Paris, mardi 19 décembre 1989

Gabriel Champion marche tout seul le long du canal Saint-Martin.

Il a découvert cet endroit lors d'une balade avec Paul-Henry. De cette visite ensoleillée, il se souvient de la beauté du lieu, de sa simplicité. De ces péniches endormies sur les bords du canal de l'Ourcq. De ces écluses incongrues dans ce Paris aux mille visages.

Il donne un coup de pied dans un caillou qui a la mauvaise idée de se trouver sur sa route et vient rebondir contre la coque d'un petit bateau de plaisance pour aller se perdre dans les herbes folles qui poussent le long de la rive.

Gabriel n'est pas parti bien loin. Il s'apprête à recommencer, à continuer sa vie, ici ou là. Au gré des rencontres, des gares et des chemins à prendre. Paris lui a immédiatement manqué, et il est revenu quelques jours seulement après son départ dans cette capitale de l'anonymat facile.

Il n'est pas retourné dans le quinzième arrondissement. Il ne reverra ni Paul-Henry, ni Martine. Non qu'il n'en ait pas envie, mais lorsqu'il met un point final, c'est forcément définitif.

Ce choix qui n'en était pas un, de revenir sur les lieux, est peut-être aussi un moyen de donner un coup de pouce au destin. Ici, dans une semaine, une année, une décennie, il pourrait tomber nez à nez avec Paul-Henry. Dieu sait ce qu'il fera à ce moment-là.

Mais Gabriel sait, dans son for intérieur, que le simple fait d'espérer un tant soit peu revoir Paul-Henry suffit à en amoindrir la probabilité.

Paris compte plus de deux millions d'habitants. Autant de chances de se frôler à un coin de rue sans se voir.

Juste parce qu'il ne sait pas s'arrêter de marcher. Juste parce qu'il doit être monté à l'envers. Il se sent parfois bien seul, et il s'accroche pourtant farouchement à cette solitude imposée par ses propres choix.

Gabriel Champion se veut maître de sa destinée. Responsable de personne si ce n'est de lui-même. Et c'est déjà suffisamment difficile pour oser prétendre prendre soin de quelqu'un d'autre.

Les êtres, les autres, passent dans son existence, comme ces bornes au bord de la route, envahies par les mauvaises herbes. Il garde le souvenir de ceux qui ont compté, un peu, beaucoup. Toujours plus qu'il ne l'avouera jamais.

Ces femmes, ces hommes, qui jamais ne le

retiendront car il ne sait pas faire. Il ne sait pas aimer longtemps. Il n'est pas de ces hommes d'une vie. Il ne peut jouer le rôle que d'autres aimeraient lui attribuer.

Gabriel est en mouvement. Perpétuellement. Et il ne s'arrête pas.

Cela fait une semaine qu'il est là. Il dort dans un petit hôtel du dixième arrondissement tout en pierres usées, avec un lit aux ressorts tellement abîmés qu'ils grincent à chacun de ses mouvements.

Le matin, il part à l'aventure, profite de cette oisiveté qu'il sait provisoire, car il n'a pas suffisamment d'économies pour se permettre de rester longtemps sans travailler. Mais il n'est pas inquiet. À cœur vaillant, rien d'impossible.

Il ratisse la ville, ce coin de Paris, comme un fin limier, à la recherche du temps perdu. Il n'a rien à faire, nulle part où aller, personne à consoler. Et cette liberté le rassure. Il a toujours vécu ainsi. C'est un soulagement que de n'être livré qu'à lui-même dans ces rues qu'il découvre.

Certains jours, lorsque la pluie vient mouiller les rues, il se rend dans ce petit cinéma de quartier spécialisé dans les films d'horreur et il s'enferme pour frissonner dans le noir. La guichetière, maintenant, le reconnaît, et lui adresse à chaque fois un sourire complice.

Il sait qu'il lui fait de l'effet, mais il ne s'attarde pas, ne prend pas même le temps d'un sourire. Il est conscient d'avoir la chance, ou la malédiction, d'être doté d'un physique avantageux. Ce n'est pas de la vantardise, juste une connaissance de ses forces et faiblesses. Mais il n'est pas fait de ce bois tendre qui engendre des êtres un peu mollassons, prêts à s'endormir sur leurs lauriers pour peu qu'ils possèdent un toit, un bon lit et une épouse fidèle. Le confort que semble rechercher le reste de l'humanité ne l'intéresse pas.

Pourtant, à deux reprises, il a failli se laisser prendre au piège.

Il y a quelques semaines, avec Paul-Henry. Quelque chose s'est réellement passé. Cet homme l'a vraiment touché, et les heures passées ensemble, aussi courtes furent-elles, lui resteront longtemps en mémoire, même s'il a du mal à l'admettre.

Ce n'est pas un manque de courage qui l'a poussé à fuir. Ce n'est pas le regard de la société qui l'a inquiété. Il y a bien longtemps qu'il ne s'intéresse plus à ce que les autres peuvent penser. Le qu'en-dira-t-on est le dernier de ses soucis.

Non, il est parti car il ne supporte pas que qui que ce soit puisse dépendre de lui. Et si Paul-Henry lui avait paru si lumineux, si grand, c'était pour la liberté qu'il avait cru déceler en lui dans les premiers temps de leur relation. Comme si lui non plus n'avait besoin de personne pour exister vraiment.

Autant Gabriel voyait le monde dans toute sa vérité crasse, autant Paul-Henry, lui, semblait flotter au-dessus de la masse et éclairer de sa chaleur humaine la laideur ambiante. Comme s'il détenait des secrets dont personne n'imaginait l'existence. Comme si, médecin de l'âme, Paul-Henry avait le don de *soigner* quiconque croisait son regard bienveillant.

Gabriel Champion, perdu dans ses pensées,

trébuche contre le rebord d'un trottoir mais se rattrape avec habileté dans une sorte de pas de danse élégant.

Il regarde aux alentours pour voir si quelqu'un l'a remarqué et aperçoit deux gamines espiègles de sept ou huit ans à la fenêtre d'un immeuble. Il leur adresse un regard de côté et continue sa route.

Il pense à Lola, maintenant. À sa fille. Qu'il n'a jamais vue. Qu'il n'a pas reconnue. Pour la protéger de lui, car il savait ne pas pouvoir être un bon père.

Il a connu Françoise sept ans plut tôt. Il était alors âgé de vingt-trois ans. La jeune femme avait quelques années de plus et il avait vu en elle un nouveau défi. Il ne garde qu'un souvenir flou des nuits et des jours qui ont composé leur idylle. Il savait dès le départ que ça ne durerait pas.

En comprenant que Françoise était tombée amoureuse de lui, il a été déçu par cette facilité qu'elle avait eue à baisser les armes face au premier homme venu. Elle avait alors perdu tout intérêt à ses yeux, lui qui n'était là que pour s'amuser un peu, prendre du bon temps, sans méchanceté. Il n'avait rien fait croire d'autre.

Lorsqu'il lui avait annoncé qu'ils ne se reverraient plus, la jeune femme, comme on joue ses dernières cartes, lui avait annoncé qu'elle était enceinte. Et avec un défi dans la voix, elle lui avait expliqué qu'elle garderait l'enfant.

Gabriel s'est demandé longtemps, et la question le taraudait toujours, si elle avait pris cette décision pour le retenir. Il ne peut pourtant pas s'imaginer qu'un enfant puisse servir de monnaie d'échange pour un chantage sentimental éculé. Il pensait Françoise plus intelligente que cela.

Comme souvent, dès lors qu'on s'ouvrait à lui et qu'on tentait de lui donner un rôle dont il ne voulait pas, Gabriel s'était mis en colère. Il lui avait juste dit que l'enfant à venir n'aurait pas de père et qu'elle devrait se débrouiller seule.

Françoise, les yeux noyés de larmes, lui avait tourné le dos et il ne l'avait jamais revue.

Il avait appris par des amis communs la naissance de Lola, et il avait décidé de quitter la région toulousaine à ce moment-là. Pour ne pas avoir à la croiser, à mettre une image sur cette enfant que jamais il n'aurait le courage de connaître.

Certains hommes ont trop peur de s'entrapercevoir dans un autre être et fuient ce miroir d'eux-mêmes avant qu'il ne soit trop tard.

Il a mis sept ans pour faire le trajet de Toulouse à Paris. Il a avancé à son propre rythme. Celui de son portefeuille, vide la plupart du temps. Celui des rencontres, des mille métiers qu'il avait exercés. Vendeur sur les marchés à Agen, ouvrier dans une usine de chapeaux pas loin de Bordeaux, vendeur au porte-à-porte en banlieue de Limoges… Il a même croisé la route d'une chanteuse célèbre et lui a, un temps, servi de chauffeur.

Des villes et des visages. Tout un poème !

Sa mémoire les ramène parfois à la surface et Gabriel s'étonne toujours de toutes les vies qui ont été les siennes.

Pour l'heure, il arrive à destination. C'est le

réceptionniste de l'hôtel où il loge qui lui a donné l'adresse de ce tatoueur qui a fort belle réputation dans le quartier et dans la capitale.

Gabriel a une place toute particulière sur son avant-bras pour un nouveau tatouage. Quelque chose qu'il n'avouera jamais de vive voix. Quelque chose qu'il veut conserver à vie, sur sa peau.

Comme un secret, là, à la vue du monde entier, dont lui seul comprendra tout le sens.

37

Dictée

Paris, mardi 31 décembre 2019

L'année se termine, une autre vient frapper à la porte de cet immeuble, à deux pas du parc Georges-Brassens. Un immeuble comme il en existe des milliers dans Paris, et pourtant…

Clarisse est venue toquer à la porte de Paul-Henry. Il lui a ouvert, endimanché, comme à son habitude. Son nœud papillon est orné de sapins de Noël. Clarisse n'a pu s'empêcher de se moquer un peu. Ils ont pris le métro tous les deux, direction la Grande Épicerie pour faire les courses pour ce réveillon improvisé.

Clarisse, pour la forme, a bien tenté de protester. Tout est horriblement cher dans cet endroit, mais Paul-Henry a rétorqué qu'on ne pouvait pas transiger avec la qualité et qu'ils avaient bien mérité de s'offrir un repas de choix pour fêter la nouvelle année à venir.

Ils sont côte à côte, assis sur deux strapontins, sur cette ligne douze si familière. Paul-Henry est heureux aux côtés de la jeune femme à la bonne humeur tellement communicative. Il se sent d'humeur lyrique. Poétique.

— Dans la vie, nous sommes tous des signes de ponctuation, chère Clarisse. Et vous, vous êtes le trait d'union. Celui qui relie les gens, qui rassemble les uns et les autres.

Clarisse rit de bon cœur.

— Un sacré trait d'union, alors ! Je me serais plutôt vue comme un point d'exclamation, moi ! Un bon gros point d'exclamation bien encombrant à la fin de la phrase ! Vous êtes un sacré vieux bonhomme, vous alors. Toujours un truc bizarre à sortir. Mais c'est un compliment, hein ! C'est marrant, votre truc de la ponctuation, et bien mieux que les signes du zodiaque, en fait. Et vous, alors, vous seriez quoi ?

— Des points de suspension, peut-être ? réfléchit Paul-Henry.

— Non, vous êtes trop droit dans vos bottes pour laisser planer le moindre doute. Les points de suspension, c'est bon pour ceux qui ne savent pas où ils vont. Qui entretiennent le non-dit. C'est pas votre genre. Vous êtes un mec bien, vous, Paul-Henry. J'aimerais bien tomber sur un drôle de zèbre comme vous, mais avec trente ans de moins, quand même !

Paul-Henry, quelques secondes, ne peut s'empêcher de penser à Gabriel. À ses points de suspension…

Clarisse offre un de ses éclats de rire au vieil homme, se mord les lèvres dans un effort de concentration, puis lance :

— Non, vous êtes un guillemet, vous ! Oui, c'est ça !

Vous avez toujours le bon mot, j'ai envie de vous citer en permanence ! Vous êtes un livre ouvert, mon Paulo !

Paul-Henry rougit de plaisir et s'amuse à détailler les convives de la soirée à venir.

— Léon, évidemment, un point d'interrogation, avec toutes les questions qu'il pose en permanence, c'est de son âge. Et je suis certain que ça ne le quittera jamais. Il est vif, cet enfant. Il continuera, j'espère, à poser et à se poser les bonnes questions !

— Et votre ex, alors ? Enfin, votre femme. Puisque vous êtes toujours mariés. Je sais ! Martine Pichon, c'est une parenthèse. Elle vient de passer toute une vie entre deux parenthèses, et j'espère qu'elle va en sortir. Mettre un point et s'en aller à la ligne voir si l'herbe est plus verte ! Elle a de grands projets, d'après ce que j'ai cru comprendre.

— Vous voyez, Clarisse, vous êtes une poète. Martine, elle sort d'une longue parenthèse, oui, je l'espère, pour elle. Je le lui souhaite tellement.

— Vous l'aimez toujours, la Martine ?

— À ma façon, oui. Je crois que je suis incapable de ne plus aimer. Une fois que le mal est fait, je ne sais pas laisser tomber.

— Vous êtes un type bien, je confirme. Je vous épouserais si vous n'étiez pas déjà marié.

Paul-Henry se marre de bon cœur. Comme ça fait du bien, cette légèreté, cette façon de dire avec insouciance les choses importantes.

— Vous aussi, Clarisse, vous êtes une belle personne. Elle vient de vous, l'idée de cette soirée de réveillon ! Et même si j'avoue que le concept me fait un peu peur, nous allons rassembler des personnes qui ont mis plusieurs décennies à s'adresser la parole. Ce n'est pas rien !

— Mieux vaut tard que jamais, non ?

— En effet. Mieux vaut tard que trop tard. Mais je ne sais pas ce que ça va donner ! Advienne que pourra et courage, fuyons !

Les deux comparses sortent au grand air qui vient les piquer en cette frileuse journée de décembre. Pourtant, ils n'ont pas froid, loin de là, Paul-Henry n'a jamais aussi chaud au cœur qu'en cette fin d'année 2019.

Quelques arrondissements plus loin, pendant que les deux férus de ponctuation font les courses, Lola descend l'escalier de l'immeuble, farfouille dans sa poche et ouvre la porte de l'appartement de Martine Pichon.

La vieille dame arrive dans quelques heures et, malgré le froid, Lola tient à aérer pour que ça ne sente pas le renfermé. Tout le temps qu'a duré le séjour de Martine à l'hôpital, Lola est venue ouvrir les volets, faire un brin de ménage, laisser entrer un peu de clarté dans ces lieux oubliés depuis trop longtemps par la lumière du jour.

Dans cet appartement où l'ombre avait failli triompher, Lola a vu les murs se refermer sur elle. Avec la découverte des carnets cachés dans le magasin poussiéreux, elle s'est vue en Martine Pichon, propulsée dans un hypothétique avenir cruel. En balayant cette entrée, théâtre tragique de solitude. En époussetant ces bibelots figés, témoins d'une autre époque.

Elle a compris que les solitudes finissent par se ressembler, quelles qu'en soient les raisons. Elle a trouvé des réponses dans ce lieu lugubre. Elle a pressenti que le pardon est au cœur de nos vies. Et que le plus important, peut-être, est bel et bien de se pardonner à soi pour laisser à l'avenir une chance d'être clément.

Lola a déposé des fleurs fraîches dans les vases de Martine Pichon.

Ce ménage de printemps est une façon, pour elle, de se nettoyer le cœur, de se laver de toute sa tristesse. Alors, elle a un peu pleuré, la serpillière à la main. Elle a sangloté comme on se dit qu'on l'a peut-être échappé belle. Comme lorsqu'on laisse derrière nous un accident grave sur l'autoroute. Comme on sent sur sa nuque le souffle du désastre évité. Elle va vivre, maintenant, et les hommes ne sont pas une condition *sine qua non* à cette existence à venir. Un seul comptera vraiment, son fils, son binoclard, son maladroit, son *poétique* Léon.

Lola a décidé de mettre en vente l'appartement.

Elle veut se détacher de ce père qui a laissé de ses ombres dans tous les recoins de l'immeuble. Elle veut se rapprocher des gens qu'elle aime, qui l'aimaient vraiment.

Elle n'a pas encore tout décidé. Si elle retournait en région toulousaine, auprès de Françoise, de Maxou, de son meilleur ami, Benjamin ? Est-ce que Baptiste serait d'accord ? Va-t-il la laisser mettre plus de six cents kilomètres entre lui et son fils ?

Elle verra le moment venu. Elle sait aussi que Léon avait trouvé ses marques ici, et elle imagine mal le séparer de Paul-Henry. Si la famille du sang est un socle important, celle qu'on se crée au gré de la vie a tout autant de valeur. Totalement improbable et pourtant si présente. La magie des rencontres.

Quelques rues plus loin, un taxi approche de l'immeuble parisien. À l'arrière, engoncée dans son manteau, protégée du froid, une vieille dame sourit comme jamais elle n'a souri durant ces trente dernières années.

Martine Pichon, pour la première fois depuis bien longtemps, a pris une décision.

Elle tient en un mot.

Divorcer.

Comme on se réveille d'un trop long sommeil, elle va, à soixante-sept ans, refaire sa vie. Toute seule. Sans Paul-Henry, ni de près, ni de loin.

Martine a suivi, tout au long de son existence, un chemin qui n'était pas le sien. À commencer par ce magasin de jouets, ce lourd héritage familial, qui pourtant n'avait rien à voir avec elle. Il y a eu ensuite ce mariage complètement raté avec Paul-Henry. Leur relation n'était pas dépourvue d'amour, mais ce n'était pas le bon. En épousant l'héritier de l'empire de la cochonnaille, elle s'est mise à l'abri et en a oublié de vivre sa vie.

Toute cette drôle d'existence ne lui appartenait tout simplement pas. Pas une décision qui ne lui ait pas été dictée par la peur des lendemains. Elle s'est laissée passer à côté de sa vie, mais elle refuse de croire qu'il est trop tard.

Avec le contrat de mariage béton rédigé par les

avocats des Pichon, elle se retrouvera sans rien, sans le sou. Mais peu lui importe.

Elle va partir. Loin. Très loin. Sur l'île de Sumatra. Sur la terre de ces orangs-outans qu'elle aimait tant. Sur son lit d'hôpital, en même temps qu'elle réparait son corps, ses membres cassés, en même temps qu'elle s'offrait une hanche flambant neuve en acier, elle a mûri ce projet fou au départ, et tout simplement possible au final. Peut-être va-t-elle finir sa vie là-bas, loin de tout ce qu'elle a connu. Et pourtant, elle a le sentiment de commencer quelque chose.

Lorsque le chauffeur de taxi la dépose au coin de cette rue où elle a passé la majeure partie de sa vie, elle ne peut s'empêcher, comme une habitude, de houspiller le pauvre bougre pour le prix de la course et l'odeur écœurante du parfum industriel qui empeste tout l'habitacle. Mais le cœur n'y est plus.

Lola apparaît alors à la portière et l'aide à descendre. Les deux femmes ne se parlent pas. Elles n'en ont pas besoin. Elles franchissent l'entrée de l'immeuble, la plus jeune soutenant la plus vieille.

Ce n'est qu'à l'intérieur de l'appartement de Martine que cette dernière s'adresse à Lola d'une petite voix, presque enfantine, que Lola ne lui connaît pas.

— Nous ne sommes pas parties du bon pied, vous et moi, Lola.

La jeune femme ne répond pas et esquisse un sourire. Une fois son manteau enlevé et bien installée sur le canapé, Martine reprend :

— J'ai fui la compagnie des hommes pendant toute ma vie. Et vous, vous leur courez après. Pourtant, nous ne sommes pas si différentes. Nous sommes déçues. Immensément, douloureusement déçues. Je crois que, chacune à sa façon, nous essayons de nous battre dans ce monde où les femmes ont tant de mal à être elles-mêmes. Je crois qu'aucune époque ne nous épargnera, Lola.

Lola se tient sur le canapé, aux côtés de Martine qui, pour une fois, ne semble pas se dissimuler derrière ce personnage de Tatie Danielle qu'elle s'est construit de toutes pièces, inspiré par sa belle-mère.

— Lorsque vous avez débarqué dans l'immeuble, j'ai rapidement compris qui vous étiez. Vous ressemblez tellement à votre père. Vous ne le savez pas, évidemment, mais vous êtes son portrait craché. Paul-Henry a dû vous raconter toute l'histoire. Il a tellement insisté pour vous donner l'appartement où Gabriel habitait.

— J'ai trouvé une photo de vous trois, en rangeant le magasin, oui. J'ai les mêmes yeux que mon père, je crois.

Lola est intimidée. C'est la première fois qu'elle évoque Gabriel Champion en utilisant le mot *père*. Il y a quelque chose de réconfortant dans cette façon de regarder les choses en face, d'appeler un chat un chat.

Elles ne font même pas attention à l'homme qui se tient dans la cour, comme égaré.

Il porte un caban qui le protège du froid vif de ce mois de décembre, le col relevé pour dissimuler son visage. Il ne sait pas encore ce qu'il va faire. Il ne sait même pas ce qu'il fait là.

Gabriel Champion, tel le fantôme des Noëls passés

de Dickens, se tient là où, des années plus tôt, il a bouleversé la vie de plusieurs personnes. Il n'a rien perdu de sa stature ni de son regard noir.

Une drôle de fille s'approche de lui. Ronde, les cheveux roses, elle ressemble à un lutin de Noël dans sa salopette rouge et ses boots blanches. Elle semble le reconnaître alors qu'il n'a aucune idée de qui elle est.

— Si vous venez pour Paul-Henry, j'aimerais autant que vous fassiez demi-tour. Il est heureux. Il est entouré. Il faut le laisser en paix. Il n'a pas besoin de remuer le passé. Quant aux autres, ils n'ont plus besoin de vous.

Gabriel enfourne les mains dans ses poches, comme pour se dissimuler encore plus.

— Je ne sais pas qui vous êtes, mademoiselle. Mais vous avez sûrement raison.

Sans un mot de plus, il fait volte-face et disparaît comme il est venu. Clarisse le regarde s'éloigner dans la rue et bifurquer au coin, juste après le magasin de jouets.

Elle pousse un soupir de soulagement lorsqu'elle voit apparaître au portillon, quelques secondes après, un Paul-Henry quelque peu essoufflé.

— On a failli ne plus avoir de bûche pour le repas de ce soir ! La pâtisserie a été dévalisée. Mais j'ai réussi à avoir la dernière !

Le prenant par les épaules avec une tendresse infinie, Clarisse lance, non sans jeter un regard par-dessus son épaule, comme pour s'assurer que tout danger est écarté :

— Vous êtes le meilleur des hommes, Paul-Henry !

38

Marelle

Paris, mardi 16 mars 2049

Gabriel Champion tremble un peu.

La chambre est plongée dans la pénombre, les rideaux sont tirés. Dehors, pourtant, le soleil brille de ses rayons immuables. Le monde, là, à l'extérieur, ne sait rien du chemin parcouru pour qu'il en vienne à franchir cette porte. La route, les déroutes, les erreurs, les victoires. Tout cela pour finalement venir se dire au revoir ?

Paul-Henry est là.

Soixante années plus tard et autant, si ce n'est plus, de rides creusées sur son visage. Sur leurs visages à tous les deux.

Ils sont devenus des vieillards. Ils s'apprêtent certainement à tirer leur révérence. Tout n'est plus qu'une question de mois, d'années. Juste un peu de poussière qui danse encore dans un rayon de soleil de printemps.

Léon se tient entre eux. Le fameux trait d'union, cher à Paul-Henry.

Trois hommes, dont les liens étranges semblent arriver à une forme absurde de vérité, dans cet endroit qui sonne la fin du dernier acte d'une comédie dont ils ne sont même pas les héros. Au mieux, des figurants.

Léon s'approche du fauteuil où Paul-Henry se repose, les yeux clos, le visage presque grave d'avoir tant vieilli. Il se sent maladroit, malhabile, tremblotant comme un gamin apeuré.

Le ventre de Gabriel semble se faire la malle. Il se tient là, comme un intrus, dans cet appartement. Comme s'il était entré par effraction. Ça lui fait mal en dedans. Dans les tripes. Son corps tout entier pourrait se figer à jamais, là, dans ce salon, au milieu de ces étagères remplies d'ouvrages dont il garde un souvenir tenace.

Gabriel se fait la réflexion que l'humanité peut avancer, les technologies devenir de plus en plus présentes, certaines choses restent immuables. De tout temps, la peur, la maladie, les corps qui se fanent transperceront le cœur des vivants. Assis dans son fauteuil roulant, il se sent fragile comme jamais auparavant.

Sur la table basse, le dernier roman de Léon, *Champion*, un marque-page glissé à l'intérieur, posé là comme attendant la suite de l'histoire, à côté d'une carafe d'eau impersonnelle et d'un verre vide.

Triste comme un verre de grenadine.

Léon a expliqué à Gabriel, pendant le trajet, qu'il fait la lecture, presque chaque jour, à Paul-Henry.

Précautionneusement, avec une délicatesse qui

touche à quelque chose de sacré, le jeune homme attrape le bras de celui qui lui a tant donné. Il effleure cette main parcheminée d'avoir tant vécu. Il étreint avec un respect immense cet homme qui l'a mené vers lui-même pour le réveiller en douceur. La main d'un homme avec qui il ne partage aucun lien de sang et qui, pourtant, fait bel et bien partie de sa famille pour toujours.

Gabriel ne peut s'empêcher de se sentir un peu minable d'éprouver à cet instant une pointe de jalousie. Léon ne l'aimera jamais ainsi. Ne le regardera sûrement jamais avec cette tendre dévotion qui n'appelle aucun commentaire. Et il ne peut pas vraiment faire comme si ça avait la moindre importance. Il est trop tard pour ça. Il n'est pas là pour rattraper le temps perdu, de toute façon. Ce n'est pas son genre, et cela ne l'a jamais été. Gabriel n'est qu'un homme qui passe dans la vie des autres. Il a appris à ne pas se considérer autrement qu'avec vérité.

Paul-Henry ouvre les yeux.

Et Gabriel se prend un coup de poing dans le plexus.

Ce regard.

Le corps peut se flétrir, se rabougrir jusqu'à n'être qu'une brindille, les yeux ne mentent pas. Ils contiennent à eux seuls toute une vie écoulée.

Les yeux de Paul-Henry.

Dedans, Gabriel entrevoit cette dernière fois, là-bas, sur le quai de la gare Montparnasse. Il voit brûler encore ce premier baiser dans la cave du magasin de jouets. Il entend rugir la culpabilité d'avoir aimé, sans le savoir, un autre homme. La culpabilité d'avoir trahi Martine.

Paul-Henry ouvre en grand les yeux. Comme l'enfant qu'il est resté face aux merveilles de ce monde étrange. Il ne paraît même pas étonné de voir cet homme qu'il reconnaît immédiatement malgré sa vision affaiblie, là, en face de lui.

— Je savais que tu reviendrais dans le quartier.

C'est un souffle, un filet de voix. Pourtant, il y a de la joie, pure, folle, un soulagement dans ces quelques mots. C'est une prière, un vœu exaucé, un rêve d'enfance auquel on a bien fait de s'accrocher. Comme si tout n'avait pas été vain. Comme si toute une vie parvenait à s'expliquer. Comme si, finalement, l'indifférence n'avait pas pu triompher. Il y a de la naïveté aussi dans ces mots-là. À croire que ces derniers mots, dans cette gare, étaient une prophétie : « *Dis-moi que tu reviendras ?* »

Léon se penche plus près de Paul-Henry.

— Ne vous fatiguez pas, Paul-Henry.

La main du vieil homme, comme un trémolo, serre celle du jeune écrivain. Malgré une relation de plus de trente ans, Léon n'a jamais tutoyé cet homme qu'il admire tant.

Gabriel serre les accoudoirs de son fauteuil, comme pour se raccrocher à quelque chose. Son cœur semble faire des bonds dans sa poitrine, comme s'il faisait des allers-retours, de plus en plus rapides, entre cette chambre et la fin des années quatre-vingt. Entre hier, aujourd'hui, et ce demain qui ne viendra que trop tard.

Et s'il clamsait, là, maintenant, d'une crise cardiaque ?

Les deux vieillards se regardent.

Sans un mot, tout est enfin prononcé. Paul-Henry n'aura pas la force, Gabriel pas le courage de dire. Pourtant, tout passe dans ce face-à-face de quelques secondes.

Gabriel essuie rageusement cette larme saugrenue qui roule sur sa joue.

Paul-Henry esquisse un sourire épuisé, sans le lâcher une seule seconde du regard.

— Je t'ai attendu longtemps sur ce banc. Il est toujours là, tu sais, Gabriel, le kiosque. Le parc Georges-Brassens. Rien n'a vraiment changé.

C'est de la malice qui danse dans les yeux de Paul-Henry. C'est un amour, intact, vivant, qui brûle à l'intérieur de lui. C'est un vieillard qui est assis là et pourtant c'est aussi le jeune homme d'une trentaine d'années, transi d'amour, qui bondit de joie. C'est un homme qui se dit qu'il a eu raison de croire. C'est un être humain, soulagé de n'avoir pas vécu pour rien.

C'en est trop pour Gabriel. Il voudrait faire volte-face, n'être jamais venu.

— Je t'ai aimé. Je t'aime toujours.

Léon, de dos, face à la fenêtre, n'arrive pas à distinguer lequel des deux hommes a dit cette phrase. Comme si, l'âge aidant, leurs deux voix étaient devenues l'écho l'une de l'autre.

Une longue pause. Paul-Henry est épuisé. Léon fait signe à Gabriel. Il faut laisser le vieil homme se reposer maintenant.

— J'espère que la vie fut clémente ?

Sur ces mots, Paul-Henry ferme les yeux. Gabriel n'a pas à répondre.

Il manœuvre avec dextérité son fauteuil et sort de la pièce.

Léon le rejoint dans le salon rempli de centaines de livres. Pour reprendre une contenance, Gabriel détaille les rayonnages même si, en réalité, il ne voit rien du décor qu'il a devant les yeux.

— Il s'est rendormi.

Léon referme la porte de la chambre avec précaution, se laisse tomber dans le fauteuil de feue Mme Pichon mère, le trône royal qui n'a rien perdu de sa superbe. Il parle pour ne pas laisser s'installer ce foutu silence.

— Chaque jour, quelqu'un vient faire la lecture à Paul-Henry, maintenant qu'il ne peut plus lire seul. Chaque jour, Gabriel. Certains font une heure de route. En souvenir, comme un merci. Des enfants dont il a illuminé la jeunesse et qui viennent le remercier même s'ils ne vivent plus ici. Juste pour être là, pour lui. Paul-Henry a allumé des étincelles un peu partout autour de lui lorsqu'il faisait sa tournée de bibliothécaire ambulant. Et certains n'ont pas oublié.

Sa gorge se serre, mais il reprend :

— La plupart des grands hommes n'ont pas de statues d'eux dans les parcs. On ne parlera jamais d'eux dans les journaux, et pourtant ils ont changé des vies. Les vrais héros restent anonymes.

— Je me souviens être venu dans l'appartement, à l'époque où il n'y en avait qu'un. Les lieux sont différents, évidemment, et pourtant, tout est à sa place. C'est étrange. Je ne suis pas revenu depuis des décennies et pourtant, j'ai l'impression d'être juste allé faire un tour. Le temps de sortir acheter des cigarettes et voilà que soixante années ont fini par s'écouler... Tout est différent et rien n'a changé.

Léon n'écoute plus vraiment ce que Gabriel raconte. Les yeux fixés sur le bras gauche de son grand-père, il sent un sourire naître sur son visage.

Il décide alors de laisser les deux hommes un peu seuls et d'aller faire un tour. Il est des retrouvailles qui n'ont pas besoin de témoin. Et Léon n'arrive pas à dissimuler l'émotion qui l'étreint. Ils ont sûrement encore beaucoup de choses à se dire.

Léon sort en silence de l'appartement.

Il se retrouve dans la rue, devant le magasin de jouets cassés devenu librairie.

Il sourit toujours.

Lorsque Gabriel a retroussé la manche de sa chemise, dans un geste automatique, Léon a pu entrevoir un peu la vérité de cet homme. Le temps d'un éclair. Une preuve que le passé ne s'est jamais véritablement éteint.

Sur sa peau, indélébile, comme un cri rentré à travers le silence de ces années, il restait ces mots, entrelacs d'encre, de vérité et de mensonges que l'on se fait à soi-même.

Quelques mots, comme une preuve. Quelques mots comme on s'excuse de ne pas y avoir cru jusqu'au bout. Quelques mots qui disent tout. Quelques mots, comme la conclusion d'une histoire belle de n'avoir pas été vécue.

Quelques mots, là, sur le bras gauche de Gabriel Champion, tatoués à l'encre du souvenir et de l'amour fou.

La vie est un poème.

REMERCIEMENTS

Écrire, c'est douter, beaucoup, et il en faut de belles personnes autour de soi pour arriver au bout d'une telle entreprise.

À Benjamin, mon premier lecteur, l'homme qui rend tout cela possible et bien plus encore, à grands coups de patience et de sourires tellement porteurs. D'un haussement d'épaules, tu balayes les cauchemars et tous les nuages. Je t'aime.

À ma Clarisse, dans la vraie vie, pour être là, entre Toulouse et Paris, depuis toutes ces années. Tu es ce trait d'union entre le passé et tous nos rêves à accomplir.

À mes parents, toujours, et pour ce livre-là, à ma maman : c'est toi qui, un beau jour de l'année 1989, m'as offert mon premier concert de Mylène Farmer, au Palais des Sports de Toulouse. J'avais onze ans et jamais je n'oublierai cette soirée.

À Mélissa, Romane et Léon, j'ai emprunté un peu de vos sourires immenses et de vos mots d'enfants pour donner à cette histoire les vraies couleurs de l'enfance. Mélissa, je crois que tous mes livres sont écrits pour toi.

À ma bonne fée Danaé et aux équipes de Charleston, qui me donnent de la voix, toujours avec le même enthousiasme.

À Manon, encore, mon éditrice, qui sait toujours où je veux en venir même lorsque ce n'est pas très clair pour moi. Merci.

À Élodie, pour m'avoir lu lorsque le doute prenait toute la place. Merci pour ta présence et tes messages toujours si bienveillants.

À Claire, et à sa maman si inspirante, qui m'a appris qu'on pouvait se réinventer à n'importe quel âge.

Parce qu'un livre est aussi le fruit de la vie de tous les jours, un immense merci aux habitants de ma tour infernale : Gaelle, Kim, Julien, J-M. Merci pour tous vos précieux encouragements.

Aux blogueurs, chroniqueurs et bookstagrammeurs, qui partagent leur belle passion. Ils sont trop nombreux pour les citer tous ici, mais je leur suis immensément reconnaissant.

À toi, cher lecteur, sans qui tout cela n'aurait aucun sens. Merci de me lire, j'espère que tu as passé un joli moment. J'ai hâte de te retrouver, ici ou ailleurs.

Aux gentils, aux méchants, qui ont croisé ma route. Chacun d'entre eux m'aura fait grandir un peu.

Et enfin, aux absents, qui brilleront toujours de leur présence.

PAPIER À BASE DE FIBRES CERTIFIÉES

Le Livre de Poche s'engage pour l'environnement en réduisant l'empreinte carbone de ses livres. Celle de cet exemplaire est de :
200 g éq. CO_2
Rendez-vous sur www.livredepoche-durable.fr

Composition réalisée par Soft Office

Achevé d'imprimer en France par
CPI BRODARD & TAUPIN (72200 La Flèche)
en mars 2023
N° d'impression : 3051954
Dépôt légal 1re publication : février 2023
LIBRAIRIE GÉNÉRALE FRANÇAISE
21, rue du Montparnasse – 75298 Paris Cedex 06